我拶《がさつ》もん

神尾水無子

集英社

目次

一章 5
二章 54
三章 124
四章 164
終章 212

我《が》拶《さつ》もん

一章

一

江戸城は大手門に集結する大名行列が名物なら、俺は華を添える看板役者だぜ。

陸尺《ろくしゃく》の桐生《きりゅう》は、ごった返す門前を眺めながら、周りの男たちより頭一つも二つも抜き出た長身をそびやかした。

寛保《かんぽう》二年皐月《さつき》十五日（一七四二年六月十七日）。今日は江戸在府の、二百を超える諸国大名が一斉に登城《とじょう》する月次《つきなみ》と呼ばれる日だ。

「ねえ桐生。まだ殿さまの下城まで間があらあ。どうだい」

二人で担いできた駕籠《かご》を下ろし、額の汗を拭いながら龍太《りゅうた》が顎をしゃくる。その先には、酒樽《さかだる》に板を載せただけの俄《にわ》か屋台がひしめき合っている。

この日のために、商売っ気のある連中が出す、さまざまな屋台も名物の一つだ。

「皐月の半ばだってのに、やけに蒸すねえ。冷えたのを一杯、奢《おご》るよ。好きだろ」

門前は、諸国家臣団や供を務める者たちの人いきれで、息苦しいほどだ。供が八十人を超す国もあるため、ここには一万人を超える男どもが詰め込まれている。

「いっつも言ってんだろ。勤めが済むまで、俺ぁ、やらねえよ」

「つれないなあ。下城まで半刻《はんとき》もあるってのに、酒でも入れないと間が持たねえや」

遠巻きにしている人垣は、諸国から江戸へ下って来た旅人たちだ。もの珍しげに、江戸城に集う御家来衆を眺めている。ふと赤い小袖の娘と目が合った。

娘はずっと桐生を見つめていたらしい。桐生は娘に片頬だけで笑って見せた。娘は見る見る紅潮し、慌てて人垣から離れた。

「田舎娘を誑《たぶら》かしてんじゃねえよ。女と見りゃあ、片っ端から手を出しやがって」

同じ陸尺の利助《りすけ》と、その腰巾着の末吉《すえきち》がすかさず絡んできた。

「調子ぶっこかしてると、田舎大名の国抱《くにかかえ》の陸尺から、因縁を付けられるだろうが。あいつらは江戸抱《えどかかえ》の俺らに張り合いたくて始終、こっちの動きを窺《うかが》っているんだからよ。お前《めえ》のせいで恥なんざ掻《か》かされたら、どうすんだ」

「そんな野暮は、しねえよ」

桐生は鼻で嗤《わら》った。それだけで前のめりに群れる女たちが嬌声《きょうせい》を上げる。桐生を見に来た常連のお内儀《かみ》連中だ。

「ご覧よ、あれが噂の〝風の桐生〟だよ」

一人が、新参らしい右隣のお内儀を肘で突《つつ》く。

「風みたような脚さばきと身ごなしで、そりゃあ見事に駕籠を担ぐのさ」

「凪って、どんな塩梅《あんばい》で駕籠を担ぐのさ」

新参のお内儀が首を傾《かし》げる。

「まあ、今日も披露してくれるんじゃないかねえ。あたしゃ、これだけが楽しみでさ」

ぞろりと長い隊列を組み、通りを埋める大名行列は、町人にとっては邪魔でしかない。六万石、七万石の小身の大名でも先頭から殿《しんがり》まで連なれば、行列の長さは四十間（約七十三メートル）におよぶ。

さらに行列が連なる大大名家は複数の隊に分け、四半刻ほどずらしながら、小出しに行列を進める。町人に対する配慮だが、それでも疎ましがられている。

だが嫌われ者の大名行列の中でも、箔と威勢を添えながら軽やかに主君を担ぐ桐生は、町人の人気を集めていた。

左隣のお内儀も調子を合わせ、聞こえよがしに声を上げる。

「そそ、やっぱり〝凪の桐生〟がいなくっちゃあ、どんな大大名さまの行列でも、締まりがなくっていけないわ。こうね、ぱあっと華があるんだよ」

桐生はお内儀たちに、片目をつぶって見せた。確かにそんな芸当ができるのは、上大座配《じょうだいざはい》の俺ぐれえのもんだよ。

陸尺の給金《しんしょう》は背丈によって格差がある。背丈が五尺八寸（約百七十六センチメートル）から六尺（約百八十二センチメートル）を超せば最も格上の上大座配になる。その下に中座配《ちゅうざはい》、並小座配《なみしょうざはい》と続き、五尺五寸五分（約百六十八センチメートル）以下の者は平人陸尺《ひらにん》。上大座配の給金は、平人陸尺の四倍だ。

背丈に加え、面立ちのよさも斟酌《しんしやく》されると、まことしやかに囁《ささや》かれている。

だから桐生は門前で主君を待つ間も、決して座り込んだり、呑み食いはしない。隙も無粋《ぶすい》も人に見せぬが、桐生の意気だ。

大振りな湯呑の酒を片手に、龍太が戻って来た。桐生に付き合い、立ったまま湯呑を傾ける。他家と諍《いさか》いを始めた供たちがいるらしい。どこかで罵声が上がっている。これも毎度の些事《さじ》だ。

供のなかには、酒を堂々と干す者、派手に蕎麦を手繰《たぐ》る者、だらしなく寝そべる者までいる。好き勝手に酒と食い物を腹に収めれば、次にやることは知れている。先ほどの諍いもすぐに治まり、そこかしこで車座の賭場が開き始めた。

「お武家なんてもんは、とんだ屁っぴり腰だよな。流れもんの奉公人連中が相手だと、あからさまに賭場を開かれたって、お叱りの一つも出せないんだぜ」

酒を舐めるように含みながら、龍太は呆れたように呟く。

御公儀は慶長《けいちよう》十四年（一六〇九年）から延々と、流れ者の奉公人を雇い入れることを禁じてきたが、武家は密かに召し抱え続けた。江戸に溢れる浪人にとっても、またとない稼ぎ場だ。

国から用人を抱えて参府するだけで、かなりの費用が掛かる。財に乏しい大名家は、江戸で流れ者の奉公人をひとまとめにして買う。用向きが済めば、ひとまとめの奉公人は別の御家に向かう。安価な使い捨ては、いつでも重宝されている。

当然のように、そこに国抱の奉公人のような主従はない。故に流れ者の奉公人は勝手のし放題、殿さまと家臣は見て見ぬ振りを決め込む。

「しっかし頼朝《よりとも》の奴は、人使いが荒いよなあ。一斉に登城のどさくさに紛れて、おいらと桐生に高家肝煎《きもいり》の駕籠担ぎを差配したのは今朝だよ。どうせ担ぐはずだった奴らも流れもんで、深酒でもしたんだろうね」

「そう言やあいつ、妙な名乗りをしてたっけな。そんな高貴な面ぁ、してねえくせに」

「渾名《あだな》に決まってらあ。鎌倉の国を一人で築き上げちゃった遣《や》り手《て》って意味さ。噂じゃ、自分で付けた渾名らしいよ。引く手数多《あまた》の桐生を差配して稼がせてもらってるくせにさ」

　もともと口数の多い龍太だが、今日は特によく喋る。

「龍太、酒を過ぎるなよ。お前はてえして酒に強くねえんだから。たかが千四百石の貧乏《ひってん》旗本だろうが、今日はお偉い高家肝煎さまの駕籠だからな」

「わかってるって。おいらたちは江戸抱として、いろんな旗本や殿さまを担いで活計《たつき》を立てているけどさ、高家肝煎となりゃ格が違うや。はしゃいでもみたくなるってもんさ」

　湯呑を傾け、にかっと笑う。

「そんな高家の殿さまを、桐生と運べるのが一番《いっち》、嬉しいんだよ。やっぱり桐生が加わると、ぐっと行列に箔が付く。それに仕事が終わると、いつもさっさか一人で帰《けえ》っちゃうし。桐生と話せるのは、こんな時だけだからさ」

　桐生は陸尺連中を見回した。

　仕事仲間と連れ立って遊ぶなぞ、真平御免だ。今年で十七になった龍太はいい奴だし、このところ背丈がぐんぐんと伸びたおかげで桐生の相方を務められるようになったが、それとこれとは別。つるまない仔細《しさい》は簡単だ。陸尺は揃いも揃って格好いいからだ。

　どいつもこいつも上背があり、おまけに美丈夫で粋《すい》な男が多い。

自らの様子の好《よ》さを心得ているせいか、陸尺はつるんで派手に町を闊歩したがる。一人目立ちが好きな桐生は、決して奴らとつるまない。

「お、戻って来なさったぜ」

大手門付近がざわつき始めると、家臣団は、押取刀《おっとりがたな》で主君が乗る駕籠に走る。続いて流れ者の供たちがだらだらと駕籠に集まり、下城の支度が始まる。

「桐生、勤めが終局《はね》たら《市村座《いちむら》》の芝居はどうだい。いい芝居が掛かってるよ。って桐生は、どうせ行かないよな」

「桐生なんざ放っておけよ、龍太」

通り過ぎざま、利助が吐き捨てた。

「龍太、お前はほんっとに桐生に岡惚れしてんだな」

末吉が、きいきいと笑う。

「違《ちげ》えよ。おいらは桐生から陸尺のいろはを教わったからさ」

もぐもぐと龍太が呟く。中座配の利助は、桐生とさほど背丈が変わらない。駕籠舁《かき》の修練も積み、江戸の道筋にも明るくなった。おまけに大名や旗本に顔が売れ始めたとなれば、そろそろ駕籠宿の寄合で上大座配に推挙されるやも知れない。

「桐生、粧香《しょうか》っつう芸者をモノにしたんだってな」

利助が低い口調で問うた。何だ、こいつもやっぱりただの助平か。桐生は鼻で嗤って応えなかった。ここのところ、妙に絡んでくる利助が鬱陶しい。上大座配も間近ともてはやされ、桐生とがぜん張り合うつもりらしい。

「そこな駕籠舁どもっ。早《はよ》うせい」

今日の桐生と龍太の雇い主である家臣が、苛立った様子で急《せ》く。

「さ、高家肝煎の殿さまのおなりだ、行くぜ」

桐生は龍太の背を押した。

「桐生、あんまり利助に絡まないほうがいいよ」

「絡んでねえよ。あっちがいちいち盾突いてくるんだよ」

「けど、利助は今、若年寄の専《もっぱ》らの――」

しつこい龍太の背をどやした。

「利助なんざ、どうでもいい。行くぞ」

二

桐生は龍太と幾度となく駕籠を担いだ。当然、息もぴたりと合う。だが、先ほどから違和を覚えていた。

駕籠の中に鎮座する長沢壱岐守《ながさわいきのかみ》は、藤原北家日野流《ふじわらほっけひの》を祖とする公家《くげ》の出で、祖先には親鸞《しんらん》も名を連ねる。長沢家初代当主である壱岐守は、常憲院《じょうけんいん》（第五代征夷大将軍《せいいたいしょうぐん》・徳川綱吉《とくがわつなよし》）により召し出された。――と、この仕事を口入した駕籠宿の頼朝は、どうでもよさげに語った。まあつまりは、いつも通り、龍太と適当にやってくれや。

桐生は、そっと背後を窺った。龍太の足取りが明らかに緩い。肩も上下している。

舌打ちをしたくなった。桐生と一緒に貴人を担げる、と二杯も酒を呷《あお》ったせいだ。

高家肝煎ともなれば、行列は大仰だ。先頭は古くからの慣例で、着物などを詰めた挟箱《はさみばこ》を高々と担ぐ奴《やっこ》。その後ろに槍《やり》を担いだ奴が続く。さらに黒羽織に袴《はかま》の股立《ももだ》ちを取った徒《かち》が三人。小姓に、傅役《もりやく》、徒目付《かちめつけ》らが脇を固め、その後ろにもこれでもか、と列が続く。その数およそ四十人。

だが由緒ある高家とはいえ、しょせんは千四百石。駕籠は簾《すだれ》よりも格が上とされる引戸《ひきど》駕籠だが、町人が使う四つ手駕籠と見まごうような小振りさだ。

連なる供も、どうせ徒や傅役、小姓を除けば、江戸抱の奉公人ばかりだろう。

「龍太、しっかりしろい。もうすぐだ」

振り向きながら小声で励ますと、龍太は青い顔を頷かせた。だが、すぐに足がもつれた。とっさに桐生は踏ん張ったが遅かった。

駕籠から細い手が突き出された。駕籠を止めよ、との合図だ。周囲の家臣が一斉に駕籠に駆け寄る。

「壱岐守さま、如何《いかが》なさいました」

傅役と小姓らが、止めた駕籠の横で膝を畳んだ。

「何じゃ、この駕籠舁の連中は」

駕籠の中から、か細いが険を含んだ壱岐守の声が発せられた。

「やたらと後ろが傾きよる。安くない金子《きんす》を払ってやっとるのに、雑な仕事をしおって」

家臣が一斉に桐生と龍太を睥睨《へいげい》した。

「しっかり担げ。かように揺らしおるなら、払うものも払わぬぞ」

壱岐守が大仰に溜息を吐《つ》く。

「これじゃから、江戸の奉公人連中は好かぬのよ。まともに勤めも果たせぬのに、それを粋と心得違いをしておる。儂《わし》の在の奉公人は皆、仕えてゆくうちに藤原北家日野流の水に磨かれて、それなりの品を得てゆくのにのう」

龍太は頰を紅潮させ、無言で俯いている。

「ええい、早く駕籠を出せっ。いつまでこんな通りで壱岐守さまをお待たせするのだっ」

家臣が口々に怒鳴る。わざと声を荒らげ、町人の目を集める魂胆が見え見えだ。

「へい、今すぐ。おい、龍太、行くぞ」

振り向きざま、桐生は小さく笑みを見せた。察したらしく、龍太は唇を引き締めた。大きく息を吸い込み、頷く。

「そらあっ、藤原北家日野流が壱岐守さまのお通りでぃっ」

桐生の掛け声と同時に、二人は両手で摑んだ担ぎ棒を高々と上げた。

「町人どもっ、高家肝煎の殿さまのお通りぞっ、控えいっ」

さらに桐生は声を張り上げ、今度は駕籠を肩まで落とす。すかさず、気を合わせた掛け声とともに、頭上に駕籠を振り上げた。

町人らは仰天して、一斉に足を止める。だが桐生が担いでいると知るや、やんやの拍手を送り始めた。控えるどころか、口笛を吹く者までいる。

「よっ、待ってましたっ。桐生のおはこ、神輿《みこし》駕籠だよっ」

「今日も威勢がいいねっ」

町人は遠慮なく囃《はや》し立てる。日頃、窮屈な思いをさせられている大名行列への意趣返しのつもりだろう。祭りの神輿を見物するような騒ぎっぷりだ。

「おい、貴様らっ。ふざけるでない。おい、止《や》めろっ」

喚《わめ》き散らす傅役に、桐生は横目で笑った。

「へえ。けど高家肝煎の壱岐守さまに粗相なきよう、とたった今、申し付けられたものですから、格の違いを町人どもに知らしめてやってる訳でして」

「何をっ。今すぐ駕籠を下ろせ――」

「いいんですかい。ここで下ろして。〝こんな通りで〟と仰ったのは、あなたさまですぜ」

頭二つは背の低い傅役を睨み据える。傅役が怯《ひる》むと、今度は小刻みに駕籠を上下させながら、踊るように足をさばく。

「下ぁにぃー、下にっ」

桐生が声を張り上げると、槍を担いだ奴も揃って声を張り上げた。やはり国抱の奉公人ではないらしい。

もともと挟箱も槍も大名行列のお飾りだ。大名同士が華美を競う風潮が、ここ数年さらに増している。故に奴衆は、派手に賑やかに盛り上げるのが上手《うま》い。

「そりゃっ」

奴の二人が互いの槍を大きく投げ合い、派手な所作で受け取った。

「ば、莫迦《ばか》者っ。槍を投げるでない」

傅役の声が裏返る。

交替の際や行列のさなかに槍を投げることを、御公儀は固く禁じている。

〝怪我などにても出来致《しゆつたい》すべく候や、如何につき、左様これなきよう寄々《よりより》あい達すべく候〟

だが、この触れもまた、誰もが不知顔《しらんかお》をする掛け声に過ぎない。

「龍太っ、行くぜっ」

叫ぶなり、桐生が跳躍した。龍太も合わせて跳ねる。頭上へ一杯に伸ばした両手で担ぎ棒を支えながら、桐生が派手に回転した。町人がどよめく。

「よっ、〝風の桐生〟のお通りだよっ」

壱岐守の行列に従《つ》いて来たお内儀たちも甲高い声を上げる。

「ほら、風巻《しまき》みたようなもんだろ。ほんとに、ほれぼれしちゃうわあ」

駕籠の中から細い声が聞こえた。

「……そう」

「何ですかい、壱岐守さま。ご満足いただけましたかい」

桐生の合図で、二人は駕籠を地面に下ろした。

「……きそう」

小姓が駆け寄り、戸を引くと、壱岐守が口を押さえながら顔を出した。蒼白《そうはく》の顔で「……吐きそう」と呻《うめ》く。

「壱岐守さま、お気を確かにっ」

家臣らが、おろおろと駕籠の周囲を回る。

「壱岐守さまに御家来衆の皆さま、とくと聞いておくんねえ」

桐生が声を張る。思わず、といった態《てい》で家臣団と蒼白の壱岐守が顔を向けた。

「俺らぁ、江戸抱の陸尺は、大名行列の華にござんす。様子の好さと背丈で給金を競う商売なんざ、江戸広しといえど、陸尺だけでさあ。役者だって真似のできねえ、意気が勝負の仕事。だってえのに、てんでわかっていらっしゃらねえ大名家の多いこと多いこと」

腰を落とし、桐生は続けた。

「口幅ってえのは承知で申し上げまさあ。壱岐守さまは俺らを雑、と仰いやしたが、それこそ心得違いにござんす。雑ではなく、我揃《がさつ》と呼んでおくんない。それが江戸抱の陸尺の張りと粋でござんす。江戸の男といやあ、我揃もん。よっく覚えておいておくんねえ」

粗暴な奉公人の取り締まりに、御公儀は「我揃」を符牒《ふちょう》に使っている。桐生はそれを逆手に取り、自ら嘯《うそぶ》いていた。

「さ、刻《こく》を食っちまいやした。ここからは急いで戻りやしょう」

それを合図に再び駕籠を担ぐ。龍太が囁いた。

「桐生、ありがとよ。いつもいつも、ありがとよ」

「あいやっ。待て、お前らまた――」

慌てて制する傅役に、桐生は笑みを見せた。

「安心しておくんない。こっからは一寸たりとも駕籠は揺れやせん。なみなみと湛《たた》えた水の一滴さえ零《こぼ》さずに運ぶのも陸尺の仕事。壱岐守さまは転寝《うたたね》でもしておくんない」

「――我揃もん、か。もう金輪際、関わるのは御免じゃ」

壱岐守が疲れた声で呟いた。

三

神輿駕籠で腹を空かせた桐生は、馴染みの蕎麦屋で蕎麦と昼酒を決め込んだ。いい心持で店を出ようと腰を上げると、蕎麦屋の娘が駆け寄った。

「桐生の兄《あに》さん、帰っちゃうの。もう一杯、呑んでったら」

「もう入らねえよ、またな。およね」

娘が頰を染め、ふざけた調子で桐生をぶつ真似をする。

「違うってばあ。おみね、だってば」

頰を膨らませながらも、おみねは切なそうに目を細めた。桐生は気付かぬ素振りで、店を出た。

「桐生の兄さん、また来てね」

送り出すおみねの声が、湿り気を帯びている。桐生は振り向かないまま、手を振った。

「勤めが忙しいからな、いつ来られるかわかんねえよ」

「待ってるから。きっと来てね。あのね、桐生の兄さんに逢わせたい人がいるの」

おみねは、蕎麦屋を営む親父を手伝っている。親父とも顔見知りだが、二人の間柄は知らないはずだ。桐生が固く口止めをしている。

面倒なことになる前に、この店にはもう来ないほうがいいな。桐生はもう一度、手だけを振って見せた。

「まだ俺に未練たっぷり、ってか」

楊枝《ようじ》をくわえながら独り言ちる。悪い気はしないが、今は粧香の長屋に転がり込んでいる。もうおみねとは切れたのだ。

本所深川《ほんじょふかがわ》へ、のんびりと進んだ。

富ヶ岡八幡宮《とみがおかはちまんぐう》の西には松平和泉守《まつだいらいずみのかみ》や真田信濃守《さなだしなののかみ》、南部美濃守《なんぶみののかみ》らの荘厳な下屋敷が並ぶが、合間には狭苦しい長屋が押し込まれている。

大川《おおかわ》を目前に見る佐賀町《さがちょう》に、粧香の家はある。

川の青さを映しているのか、空の色がいっそう深みを増している。口笛を吹きながら歩いていると、「桐生どの」と声が掛かった。

顔を巡らせると、辻の暗がりに男が佇《たたず》んでいる。

長身の男はきっちりと黒羽織を纏《まと》い、長屋の影に溶け込んでいた。呼び掛けたまま、無言で桐生を眺めている。

「誰でえ。新手の辻斬《つじぎ》りか。何で俺の名を知ってるんでえ」

「いかさまな」

男は桐生をなおも眺めながら、一人で得心した顔をしている。

「何が、いかさまな、だよ。何を勝手に納得してやがる」

黒羽織の勿体ぶった様子が癪《しゃく》に障った。

「其の方の仕事を拝見した。噂に違《たが》わぬ派手さよの」

「何だってんだよ。いきなり失礼な野郎だな。喧嘩売ってんのか」

「上大座配に上がり、どれほどになる」

陸尺を知る者だろうか。だが、黒羽織の男は、とても駕籠を担ぐ者には見えない。

「知った風な口ぃ利きやがって。何でそんなことに応えねえといけねえんだ。まずは名乗るのが礼儀だろうが」

長身の桐生が凄《すご》めば、ここでたいていの者は怯える。だが、黒羽織はまっすぐに桐生を見つめている。桐生のほうが気圧《けお》されそうな、異様な気を感じた。

「――あんた、誰なんだよ」

「いずれまた」

黒羽織は、用は済んだとばかりに素っ気なく踵《きびす》を返した。

「おい、待てよ」

背を向けた黒羽織には、もう声を掛けさせない気配がくっきりと立っていた。

「――何でえ、薄気味悪《わり》い野郎め」

せっかくの昼酒が醒めてしまった。桐生は足許の石を片っ端から蹴り上げながら、粧香の家に向かった。

「おい、帰ったぞ、っと」

勢いよく腰高障子を引く。粧香は鏡で後姿を確かめながら、紅《あか》い伊達巻《だてまき》を締めていた。横目で桐生を睨み付ける。

「何だえ、亭主面するんでないよ。居候のくせしやがって」

ぐいぐいと伊達巻を扱《しご》く指が、苛ついている。

「機嫌が悪いねえ。俺が朝早くから留守にしたから、一人寝が切なかった、ってか」

腰を抱き寄せた途端、左頬に張り手を食らった。

「何しやがんでぇっ。こちとら朝っぱらから江戸城まで担ぎ出されて、くそ暑い中さんざん待たされた挙げ句、ものを知らねえ田舎大名から厭味を言われて、ようやく戻って来たってえのに、このざまかっ」

粧香は怯む風もなく、正面から桐生を睨み据えた。青く透けて見える白目が、いつもは凄愴《せいそう》さを感じるほどに美しいが、今は殺気が走っている。

「お黙り、この莫迦っ。また殿さまの駕籠でふざけやがったそうだね。高家肝煎さまの駕籠を担いで大騒ぎしたのは、てめえだろっ。もう、すっかり町中の噂だよっ」

何だ、そんな話か。桐生は板敷に寝そべった。大川からの、ほんのりと潮を感じる薫風に目を閉じた。

「やい、聞いてるのかいっ。白々しい狸寝入りなんかしやがって」

座敷に出る支度の手を止めずに、粧香は声を張り上げる。四方の長屋に丸聞こえだが、どうでもいいらしい。紅や筆を扱う音が、甲高い。

「あのよ、粧香。郷《ごう》に入っては、って言うだろうが。江戸には江戸の流儀があらあ。俺はそれを教えて差し上げただけさ」

目の前、一寸にも満たぬ先を何かが飛んだ。粧香が振り向きざまに投げた紅筆が、矢の如《ごと》く飛び、見事に油障子に刺さった。

「おいおい、障子に穴を開けるなよ」

「ここは私《わ》っちの家だよ、どうしようが私っちの勝手だろっ」

見上げると、粧香が立て膝で、睨み下ろしていた。真っ白な素足が目の前にある。この艶《なま》めかしい姿を見たさに、財産を食い潰す大店《おおだな》、中店の旦那は後を絶たない。

「いい眺めだ。客にもちょいと見せてやりゃあ、もっと稼げるぜ」

「今度、お武家に無礼を働いたら、ここから出て行っておくれな」

低い声に桐生は半身を起こした。こういう声を出す時の粧香は、相当にまずい。

「わーったよ。わかったわかった。悪かった。俺の評判が悪いと、お前の商売にも翳《かげ》りが出る、ってもんだ。気を付けるよ」

「そんな話じゃない」

桐生は這い寄りながら、粧香の手を取った。

「桐生、お武家を舐めないほうがいい。あんたはわかっていない。あんたは自分で我拶もん、と威張りくさっていやがるけど」

粧香の手を引き寄せ、甲に唇を当てる。粧香は焦《じ》れったそうに手を振りほどいた。

「私っちは商売柄、お武家の座敷にも上がる。お武家にもいろいろいるんだ。澄まし顔で真面目に勤めている態で、心底には怖い物を呑んでいる。そういう奴らは、厄介なんだ」

「何だかよくわからねえな。大丈夫だよ、俺は下手ぁ、打たねえよ。知ってるだろ、他の陸尺連中と違って、俺はつるんで騒ぎはしねえし、賭場にも寄り付かねえ。お武家連中とぶつかる道理はねえよ」

粧香の額に口を寄せる。くすぐったいのか、粧香が小さく笑う。やっと笑みを見られた途端、ぐったりと疲れた。

女の機嫌を取るのは、大名相手よりも骨が折れる。滅法に気の強い粧香より、初心《うぶ》な蕎麦屋の娘、——おみねだったか、およねだったか。嫁にするなら、ああいう娘のほうが楽なんだけどな。

とはいえ、粧香の目許が緩んだところで、肩に腕を回した。

「だめだって。お座敷に出る刻だよ。もうすぐ迎えも来るし」

「すぐに済むって。お前だって好きだろうが」

粧香を横たえると同時に、腰高障子が吹っ飛ばんばかりに開いた。

上背のある男が立っている。同じ江戸抱の陸尺、翔次《しょうじ》だ。

「何だってんだ。邪魔するない、このすっとこどっこいの野暮天が」

「桐生、それどころじゃねえ」

翔次の頬が引きつっている。

「《市村座》の奴らと、陸尺連中が揉めてるぜ」

「何でえ。そんなことかよ。知るか。早く出て行けよ」

面倒くせえな。だが座り直す桐生に、翔次が引きつった顔のまま、畳み掛けた。

「《市村座》で『今様七変化』っつう芝居が評判を取ってるのは、知ってるか」

桐生は首を振った。そういや、龍太が「いい芝居が掛かってる」と言ってたっけか。

「陸尺連中が、金を払わずに入ろうとしたらしい。そりゃ、芝居小屋の木戸番は黙っちゃいねえ。あいつらは用心棒も兼ねてるからな。たまたま一緒に入ろうとした龍太も、巻き込まれちまったんだよ」

大身《たいしん》の旗本や大名を担ぐ陸尺ほど、背負う看板をひけらかし、強気に出る奴が多い。町人も、背後の武家を思えば従うしかない。

「またかよ。知るか、ってんだ」

もともとつるむ気のない陸尺連中の揉めごとなぞ、どうでもいい。

「頼むよ、桐生。龍太がお前を呼んでくれって。お前が出張れば、陸尺連中もおとなしくなるはずだ、ってさ。あいつには、相方のお前しかいねえんだ」

龍太の顔が浮かぶ。頰を赤くしていたのは、酒のせいだけではない。桐生と話す、ほんの少しの刻はいつも嬉しそうだ。壱岐守を担いだ今日のように、桐生が助け舟を出す度に、何度も何度も礼を言う。

俺は、自分の体面のためにやってるだけなんだけどなあ。

「なあ、桐生。龍太の兄貴ぶんなんだろ。放っておいていいのかよ」

「ったく、しょうがねえな」

腰を上げると同時に、粧香に袖を引かれた。

「たった今、私っちと約を交わしたばかりだろ。今度、悶着を起こしたら出て行ってもらうって」

「ちょいと治めてくるだけだ。心配《しんぺえ》すんなよ」

粧香は力任せに、両手で袖を引いた。頰にほつれた髪が掛かる。

「下っ引きが出張っているかもしれないだろ。下手に首を突っ込んで、あんたまで側杖《そばづえ》を食ったら、どうするのさ」

桐生も力任せに肩を上げ、袖を抜いた。

「うっせえっ。てめえも深川の鉄火芸者なら、わかるだろ。俺があいつに陸尺の修練を仕込んだだんだ。龍太は気が小せえから、何かっつうと巻き込まれる。あいつがお縄になっちまったら、上大座配の俺まで干されちまうかもしれねえだろうが。大名連中なんてのは、見栄ばっかり気にすんだからよ」

桐生はしゃがみ込んで、粧香に笑い掛けた。

「すぐに戻るよ。今日の勤めは休んじまえ。どこぞの旦那なんか袖にしてよ、俺と《入舟屋《いりふねや》》で旨い魚を食おうぜ。それから目一杯、可愛《かわい》がってやらあ。だから機嫌を直せ、な」

応えぬ粧香を置き、翔次に引っ張られるように長屋を出た。

「上大座配が何ほどのもんなのさ」

粧香の呟きを、背で聞き流した。

女なんかに上大座配の気概がわかってたまるか、ってんだよ。

四

翔次は桐生より二つ年下の十八歳だ。背丈は桐生より少し低いが、日に焼けた腕や脚は、見事に張っている。

日本橋葺屋町《ふきやちょう》の《市村座》まで半里ほど。難なく走り通せる道のりだが、長屋を振り返りながら、翔次は走り出す気配を見せない。

「おい、翔次。何をもたくさしてるんでえ。てめえが急かしたんだろうが」

「あの姐《あね》さん、桐生の女房か。まさか芸者が女房なのかい」

また長屋を振り返る。

「置屋の抱え年妓《ねんこ》じゃねえってことは、晴れてお礼奉公の明けた芸者だよな。それにしちゃあ荒れてねえ、きれいな姐さんだ」

「人の女をしっとりと眺めてんじゃねえよ。失礼だろうが」

翔次は首を傾げた。

「桐生は確かに好い男だ。でも深川の芸者なんざ高嶺の花を、よくものにできたな」

面倒になり、翔次の頭を拳で軽く叩いた。

「いいから走れよ」

「じゃ、走りながら聞かせてくれよ」

ぐだぐだとうるさく言いながらも、翔次は桐生と見事に足並みを揃え、駆け始めた。そういえば、翔次と二人きりで話をするのは初めてだ。

「あいつが俺を口説いたんだよ。確か《磯むら》だったか、料理屋で宴があってよ。粧香が呼ばれていたんだ。で、どこぞの旗本の莫迦息子を駕籠に乗せて行ったのが、俺だ。そこで粧香が俺に一発で惚れたんだとよ」

翔次は無言で駆けていた。

「で、乞われるままに、あの家に転がり込んだっつう訳だ。女に惚れられるなんざ、いつものことだけどよ。それまで懇ろ《ねんご》にしてた蕎麦屋の娘とは比べ物にならねえ別嬪《べっぴん》だったからな」

翔次は無言のままだ。

「深川の鉄火女だからな、気は強《つえ》えし、口も悪い。おまけに悋気《りんき》持ちと来らあ。しかも俺より四つも年上と来りゃ、もう立派な年増だ。でもよ、世間で言う通り、姉さん女房っつうのは悪かねえぜ。ま、祝言《しゅうげん》を挙げるのはこれからだけどよ」

やがて翔次が、ぽつりと呟いた。

「桐生は何でも手に入れられるんだな。上大座配の格もそうだ。神輿駕籠なんざ悪ふざけをしても、お武家からは引く手数多。おいらは臥せたきりの母ちゃんと、四人の弟妹を食わすのに精一杯だ」

翔次が片親とは知らなかった。母親が臥せたきりなのも。桐生は派手に翔次の肩を叩いてやった。

「俺ぁ、早くに二親《ふたおや》を亡くしちまったけどよ、何とか上大座配に昇り詰めたんだ。翔次なら中座配くれえ、すぐになれるぜ。だから腐るなよ」

翔次が大きく首を振った。

「誰だって、狙うなら上大座配だろ。おまけに桐生みてえな、色気のある面ならともかく、おいらはどう転んでも上大座配は無理だ」

駆け続ける翔次の横顔を、桐生は眺めた。あどけなさの残る面立ちは、決して悪くない。口を開きかけた桐生を遮るように、訴える。

「それに、おいらは、口が達者じゃねえし。こんな風に陸尺仲間となら話せる。けど、お武家や知らない人を前にすると、とたんに口が開かなくなるんだ」

田舎大名家の中には、桐生の噂を聞き齧ってか、珍しげに話し掛けてくる家臣が少なくない。時には駕籠の中から、あれこれ声を掛ける殿さまもいる。

そんな時に桐生は、面白おかしく江戸噺《ばなし》を吹聴してやる。

「翔次、陸尺ってのはよ、客商売だろ。上手くいきゃあ、次の仕事に繋がるし、酒代にも色を付けてくれるってもんだ。まあ莫迦殿さまには、それなりの仕打ちもするけどよ」

「上大座配だからできる芸当だろ。おいらたちは給金を渋られるのがオチだ」

陸尺は曇りの日は、ゆっくり駕籠を運ぶ。雨が降れば手当てが付くため、わざと刻を稼ぐのだ。晴れた日なら、さっさと仕事を片付けてしまうために、駕籠が揺れようがお構いなしに足を速める。気に食わぬ殿さまなら、橋のたもとに駕籠ごと置き去りにするなぞ、平気でやってのける。

駕籠を担ぐ刻が夜になれば、割増も要求する。陸尺連中は、いちいち口実をでっち上げては割増を求めるが、上大座配はその額がずば抜けている。

「よう翔次、何か困りごとがあれば俺に言えよ」

翔次がようやく、にっこりと笑んだ。

「嬉しいよ、桐生にそう言って貰えてさ。おいら、ずっと桐生と龍太を見ていて、羨ましかったんだ。仲間に入りてえな、って」

「おっと、俺ぁ、陸尺の連中とはつるまねえからな。思い違いをすんなよ」

「それでも嬉しいや」

翔次はふいと真顔に戻り、呟いた。

「桐生も親のことで苦労したんだな。けど桐生なら、きっといずれ」

言い掛けた翔次が口を噤《つぐ》む。

《市村座》の鮮やかな幟《のぼり》が、何本も空にはためく様子が見えてきた。だが、争う者なぞ一人もいない。町人が忙しそうに行き交うだけだ。

「やい翔次、何の騒ぎも起こってねえぞ」

桐生が舌打ちをすると、翔次は首を捻った。

「いや、本当に大騒ぎだったんでえ。――おかしいな」

木戸の陰に数人の男が集まっていた。《市村座》と染め抜いた法被《はっぴ》姿の男もいる。

近づくと、一人が振り向いた。龍太だ。

「あっ、桐生っ。来てくれたのかい」

嬉しそうに破顔する。

「やい龍太っ。てめえ、誰もいねえじゃねえか。せっかく出張ってやったのによ。壱岐守を担いで大騒ぎしたのがばれて、粧香は怒り心頭に発してんだ。ようやく機嫌を直させたってのに、てめえのせいでまた怒らせちまったんだぞっ。だいたいよ、出張った俺の立場はどうなるんでえっ」

巻き舌で捲《まく》し立てると、「まあまあ」と法被の男が割って入った。

「陸尺の兄さん、諍いがあったのは確かでさ。あんたのお仲間が、そらもうえらい勢いで、うちの木戸番に食って掛かってきたんですぜ」

冴《さ》えぬ風貌の法被の男は、桐生の肩ほどしか背がない。

「だからよ、俺ぁ、それを治めに来てやったんだよ」

男は桐生に睨み下ろされると、慌てて続けた。

「いえいえもう、騒ぎは治まりましたんで。あちらの御方のおかげで」

男が目を向けた先で、二人の男がこちらを見ていた。

一人は三十手前ほどだろうか。海老茶《えびちゃ》の上田縞《うえだじま》の小袖に、無地の梅幸茶《ばいこうちゃ》の羽織姿。羽織紐の房が豊かに垂れ下がり、真っ白な足袋が覗く。どこぞの、そこそこのお店《たな》の若旦那といった形《なり》だ。

供連れのほうは自分と同じ年頃だろうか。青梅縞《おうめ》の小袖姿からして手代だろう。だが、その手代の目付きが癪に障った。

明らかに桐生らを侮蔑している。眉をひそめ、口を真一文字に結んでいる。客商売のくせに、目付きが妙に鋭い。

法被の男が二人を示した。

「こちらの若旦那が間に入って下さいましてね。何だか、怖ろしく難しいお話をされ始めたとたん、陸尺連中が見る見るうちに白けて、いえ、面倒になったというか何と言うか。まあ、ともかく騒ぎが治まった次第で」

龍太だけが暖気《のんき》に笑う。

「桐生、あの若旦那のおかげで治まったんだよ。ありがたいや」

「さ、あたしも座元に顚末をお伝えしなきゃ。——若旦那、ほんにありがとうございました。ではでは」

男は若旦那への礼もそこそこに、背を向けた。桐生とはもう、目も合わせない。

若旦那と手代、陸尺三人が残された形になった。

「わ、若旦那、わ、我々も戻りましょう」

手代がぎこちなく、若旦那の袖を引いた。

「おい、ちょっと聞きてえんだけどよ」

桐生が引き留めると、手代があからさまに嫌悪の表情を見せた。目を細め、桐生を正面から睨み付ける。背丈は桐生と変わらない。手代のくせに、立ち姿が妙に居丈高だ。

「若旦那よ。あんた、何を話して連中を治めたんだ」

食い縛った歯の間で、手代が呟いた。確かに「――無礼者めが」と聞こえた。

と、手代の呟きに被せるように、若旦那が派手に咳払いをした。

「簡単な話よの。ここで小競り合いを続けると、《市村座》の儲けに障りを来《きた》す旨を、算学にて聞かせただけのこと」

何か奇異に感じた。勿体ぶっている訳でもなかろうが、若旦那のゆったりとした話しぶりは、忙《せわ》しない商人のものとは思えなかった。

「その算学ってのは何だよ」

手代の目がさらに険しくなった。若旦那に口を利くことさえ、許せぬらしい。

「そうさな、ものはついで。其の方らにも教えて進ぜよう」

明らかに若旦那の口調がおかしい。桐生は鼻で嗤った。

「けっ。お武家みてえな口を利きやがって。さては、苗字《みようじ》帯刀《たいとう》御免を狙う、成り上がりのお店ってか。身のほど知らずな野郎だぜ」

手代の頰が見る見る紅潮する。よほど若旦那想いの使用人らしい。

「そっちの手代さんよ、あんた、俺と背丈が変わらねえな。顔も女みてえに白くてきれいだからよ、駕籠宿を世話してやろうか。上大座配になりゃあ、女どもも放っておかねえし、ケチなお店の手代なんかより、よっぽど稼げらあ」

若旦那がおっとりと笑った。

「江戸の者は皆、舌がよう回るの」

「てめえだって、江戸のもんだろうが」

「若旦那、参りましょう。こんな下世話な町人なぞ、お耳汚しでございまする」

堪《たま》らぬ風に手代が若旦那の袖を再び引く。桐生はすかさず進み出た。

「待ちやがれ、若えの。聞き捨てならねえな。てめえも素町人《すつちようにん》だろうが。何さまのつもりだ、おい」

「すまぬ。これは小太郎《こたろう》と申すが、まだ商売に慣れぬものでな。しっかと儂、いや、私が躾けておる最中《さなか》故、許してくれぬか」

慣れぬも何も、十八はとうに過ぎているだろう。小太郎は懸命に怒りを堪える風に、唇を引き結んだままだ。

「さて、私が申した《市村座》の儲けに障りを来す話だが」

若旦那がのんびりと続けた。目を戻した桐生は、再び奇異な感じを受けた。

正面から見る若旦那は、何とも賢《さか》しそうだ。嫋《たお》やかな表情と、明るい目には一切の翳りも曇りもない。よほど育ちがいいのだろう。だが、どこか浮世離れして見える。

「江戸三座に数えられる《市村座》の客席は千八百ほど。上桟敷《かみさじき》席、下《した》桟敷席、土間、土間割合、切り落とし席に分けられておる」

若旦那は朗々と語り出した。

「桟敷席には、それぞれ詰め込めば七人は入れる。上桟敷席は銀三十五匁《もんめ》、下桟敷席は銀二十五匁。故に満員木戸閉めとなれば、上桟敷の一つだけで二百四十五匁、即ち金四両。土間は銀二十匁、土間割合は銀十五匁を払う。切り落とし席は銭百三十二文と安いが、一枡《ます》に八人は詰め込める故、百三十二掛けることの八で、千と五十六文にて勘定する。これを一日に二度の舞台で回すとする。なれど、諍いで一回の舞台を潰すとなれば、いかほどの損となるか。まず上桟敷席の二百四十五匁掛けることの」

「あーっ。面倒くせえな。もういいよ、あんたこそ、くるくると舌が回るじゃねえかよ」

桐生が遮るも、若旦那に気を悪くした様子はない。

「とにかくな、若旦那。江戸抱の陸尺の前にしゃしゃり出るのは金輪際、滅法界、止《や》めやがれ。下手ぁ打ったら、あんたも怪我する羽目になるぜ。ま、自業自得だけどよ」

「桐生ってば、止めなよ」

龍太が割って入りながら、場を和ませるつもりか、若旦那に笑い掛ける。

「しっかし、若旦那、よく細けえ額を覚えてやんすねえ。芝居好きの見巧者《みごうしゃ》ですかい」

若旦那はゆっくりと首を振った。

「席の委細は、先ほど覗き込んで覚えた。額は壁に貼り出してあるを覚えた」

「へ、一発で覚えたんですかい」

龍太が甲高い声を上げると、若旦那はまたゆっくりと頷いた。

「いかにも」

「なーにが、いかにも、だ。お武家ぶりやがって」

「桐生、ってば」

「若旦那もそこのくそ生意気な手代も知らねえだろうから、教えてやる。俺ぁ、上大座配ってな、てえした陸尺なんだよ。あんたが大旦那になって、どんなに金子を積んでも、俺に担いで貰える道理はねえよ。わかったら、さっさと失《う》せな」

「貴様っ、いい加減にしろっ」

小太郎が驚くほどの素早さで、桐生の胸ぐらを摑んだ。

「何が貴様だっ。手代風情が偉そうにしやがってっ」

小太郎の手を振りほどき、両肩を力まかせに突いた。はずが、小太郎は器用に桐生の手を躱《かわ》す。

「この野郎っ」

小太郎の頰に拳を叩き込む。またも小太郎は幽《かす》かな動きで躱す。だが同時に桐生は小太郎の鳩尾《みぞおち》に膝をめり込ませた。

小太郎が呻きながら体を折る。その頭に手刀を振り下ろす。

「桐生っ。駄目だったら」

既《すん》のところで左右から龍太と翔次が組み付いた。

「龍太、翔次っ、放しやがれっ。このくそ生意気な手代はなあ、口で言ってもわからねえ大莫迦野郎だっ」

小太郎は体を折ったまま、桐生を睨み上げている。

「だいたいがよ、手代のくせにその面が、俺は気に食わねえんだ。我拶もんの流儀を叩き込んでやらあ」

とたんに若旦那が目を輝かせた。

「ほう、上大座配の我拶もん、とな。それはそれは」

遠慮もなしに桐生を上から下まで、じっくりと眺めている。

「――何なんでえ」

さすがにちょっと気味が悪い。だが若旦那は、あっさりと小太郎に向き直り、「さ、湯屋へまいるぞ」と声を掛けた。

小太郎は桐生を睨み据えていたが、半身を起こすと渋々と頷いた。

「若旦那さま、御無礼を仕《つかまつ》りました。お許し下さい」

「けっ、てめえまでお武家の真似か。莫迦が」

「桐生、ほんとにもういい加減にしなって」

龍太が泣きそうな声で乞う。

「ではまた、いずれ」

若旦那だけが、おっとりと頭を下げる。

「桐生、大概《てえげえ》にしなよ。他の陸尺にも迷惑を掛けるよ」

「うるせえ、つってんだよ。俺に歯向かえる陸尺なんざ、いやしねえんだからよ」

翔次が憂えた顔で二人を止める。

「それより喧嘩した陸尺連中は、きっと《市村座》に仕返しにやって来るぜ。また、ただで中に入れろとか、難癖を付けに来るかもしれねえ」

「そん時ぁ、俺が陸尺連中を力ずくで押さえこんでやらあ」

「桐生、そんな真似はもう」

言い掛けて、龍太は諦めたように首を振った。

桐生は二人を置いて歩き出した。龍太が桐生を呼んでいる。桐生は聞こえぬ振りで足を速めた。

だから言ってんだろ。俺は、陸尺連中とつるまねえんだ。一人目立ちが好きなんだよ。

五

坂西小弥太《さかにしこやた》は江戸が嫌いだ。

町人どもが始終、忙しなく早足で行き交うさまは、見ているだけで落ち着かぬ。どいつもこいつも揃って貧乏のくせに、やれ芝居だ祭だ、と口実をつけては浮かれ遊ぶ。

一人、二月堂机を前に首を振った。

「いかん。ひってんなぞ、元はといえば玄蕃頭《げんばのかみ》さま（筑後国久留米《ちくごのくにくるめ》領第七代当主・有馬頼徸《ありまよりゆき》）が、どこぞで仕入れて来た下世話な呼び名。某《それがし》まで釣られて、どうするのだ」

間戸《まど》から紺青《こんじよう》の空を見上げた。払暁《ふつぎよう》にはまだ間がある。

この刻が一番、心が鎮まる。目の前に広げた書に目を戻した。読んでいるのは、筑前国黒田《ちくぜんのくにくろだ》家に仕えながら貝原益軒《かいばらえきけん》の師弟として多くの学問を修めた、竹田春庵《たけだしゆんあん》の算学本だ。

小弥太は玄蕃頭の近習《きんじゆ》の一人に取り立てられ、御側御用人として参府に帯同を果たした。有馬本家当主に近侍できる栄誉は、今も熱く胸にある。

玄蕃頭は、とにかく好学だ。故に、己もこうして眠る刻を削り、懸命に学んでいる。もともと勉学は好きだ。武官よりも文官として、有馬家の役に立ちたいと願っている。

あと一刻もすれば、夜の警固と交代する御用人らの申し送りが始まり、中間《ちゆうげん》や小者などの使用人や女中も動き出す。その前に、もう少し学びを進めておきたい。

だが、どうにも気が散じる。昨日の無礼な陸尺連中のせいだ。

「金も払わずに芝居小屋に入ろうと思う性根が腐っておる。小屋の者に止められたからといって暴れる謂《いわ》れなぞない」

このところ、玄蕃頭は湯屋通いに夢中だ。だが、いかにも殿さまの形で通う訳にもゆかず、お店の若旦那と手代に扮して歩いている時に騒ぎに遭遇した。

玄蕃頭は得意の、ややこしい勘定を次々と述べたて、連中から闘争心を霧散させた。騒ぎが治まったのだから、そこはよしとしていいだろう。

「なれど、あの桐生と申す無礼者は、断じて許せぬ」

あろうことか、玄蕃頭に凄んで見せた上に、己に蹴りをよこした。小弥太が大小を帯びていなかったのは、奴にとって幸いだ。

「次に逢《お》うたら斬って捨てようぞ」

襖《ふすま》の向こうから低い声が掛かった。

「小弥太どの、よろしいか」

小弥太は素早く襖に手を掛けた。警固の御用人が廊下に立っていた。

「殿さまがお呼びでござる」

「畏《かしこ》まりました。すぐに向かいまする」

玄蕃頭も常に、払暁前に起き出す。日中の執政に追われる前に、勉学に励むためだ。

「殿さま、小弥太にござります。お呼びと伺いました」

「起きておったか。入れ入れ」

もうすぐ三十を迎える玄蕃頭の張りのある声が、襖の向こうから聞こえた。

襖を開けると、玄蕃頭はいつものように奥座敷の中央に座っていた。幾重にも重ねられた布団の上に、褌《ふんどし》一つで胡坐《あぐら》を掻いている。

何度見ても、異様な光景だ。膝行《しっこう》した小弥太は四尺は超える高さの布団を見上げながら、小弥太は常と変わらぬ平静な声に努めた。

「今朝も算学が捗《はかど》っておいでのご様子」

布団から雪崩れるように、幾枚もの紙が座敷中に散じている。玄蕃頭は怖ろしい速さで、勘定した数字を書き付けていた。

夏になれば、紅い絹の褌一つで鎮座する。黒塗りの蒔絵《まきえ》を施した梯子《はしご》が座敷の一隅に据えてあり、女中は梯子を使って玄蕃頭の世話をする。

何故《なにゆえ》、かような姿で学ぶのか、小弥太は知らぬ。おそらく玄蕃頭にも、さしたる訳なぞないのだろう。

「小太郎、朝湯に行く支度をせい」

「殿さま、某は小弥太にござりまする。小太郎の名は、手代に扮した時のみに呼んでいただきとうございまする」

玄蕃頭は紙を丸めると、小弥太の頭に投げ付けた。

「呼び分けるが面倒になった。お前は小太郎でよかろう」

そんな名は真平御免だ。手代に扮するだけでも屈辱なのに。

玄蕃頭が身軽に、布団から滑り降りた。廊下に控えていた女中らが、素早く若旦那風の小袖や羽織を捧げ持って進み出た。

「今日はどこの湯屋にしようかの。昨日の愉快な陸尺連中がおった、芝居小屋の近くにしよう。湯屋はよいぞ。町人らの面白い話をじっくりと聞ける。新しい算術が幾度も閃《ひらめ》いたのも、そのおかげぞ」

それはとてつもない思い違いだ、とは無論、言えぬ。

「時に能登守《のとのかみ》（豊後国臼杵領《ぶんごのくにうすき》稲葉《いなば》家第九代当主・稲葉泰通《やすみち》）が、参府しておるのは知っておろう。桜田久保町《さくらだくぼちょう》の稲葉家上屋敷に、母の梅渓院《ばいけいいん》とおるのじゃが」

お姫《ひい》さま。梅渓院の名を聞いたとたん、小弥太の頰は熱くなった。

その名を耳にする度に、思い浮かぶ光景がある。玄蕃頭が家督を継ぎ、御国入りを果たした年、梅渓院も帰国した。初めて見る梅渓院の容貌に、小弥太は陶然となった。思えば梅渓院は輿入《こしい》れのために戻って来たのだが、まだ八歳だった小弥太に深くわかるはずもなく、ただただ梅渓院を目で追っていた。

家臣である父を迎えに有馬家屋敷前まで行ってみたことがある。その時、庭に佇む梅渓院と目が合った。梅渓院は、そっと小弥太に手招きをして、豆菓子を握らせてくれた。小弥太と変わらぬような小さな白い手だった。

輿入れの意味がようやくわかった頃、梅渓院は稲葉家に嫁いでいった。懸命に涙を堪える小弥太の頭を、梅渓院は何度も撫でてくれた。小弥太のなかで梅渓院は、あの時のまま止まっている。

「姉上がこちらの屋敷に居座ろうと算段しておるらしい。まったく困った人ぞ」

お姫さまがここに来る。小弥太の声がうわずった。

「な、何故にございまするか」

「参府した能登守を迎え、当初はおとなしくしておったようじゃが、能登守に言われたらしい。〝母上、退屈のご様子ですから、しばし叔父上の上屋敷へ、お遊びにまいっては如何〟とな。まったく十三の倅《せがれ》にまで気を遣わせるとは。おおかた、誰も遊び相手になってくれぬで、へそを曲げたんじゃろ」

若旦那風の羽織を満足そうに見下ろし、玄蕃頭は頷いた。

「本明院《ほんみょういん》どの（第八代当主・稲葉董通《まさみち》）が身罷《みまか》った年、家督を継いだ能登守は、まだ八つであった。母として、後見として苦労はしたろうが、やはり質《たち》は変わらぬの。ここでなら稲葉家臣の目を気にせず、羽を伸ばせると目論《もくろ》んでおるのであろう」

お姫さまがここに来る。小弥太の頭はそれだけで一杯だ。

「否を唱える訳にもゆかぬ。姉上を怒らせたら、閻魔《えんま》大王より凄まじいからの。それより小太郎、何をぼさっとしておる。早う手代の形をせい」

ぽかり、と煙管《キセル》で額を叩かれ、我に返った。

「は、申し訳ござりませぬ。すぐに」

慌てて廊下を駆け出した。駆けながら、また梅渓院の姿が頭に浮かぶ。

「それにしても殿さまは、酷《ひど》い仰りようをなさる」

閻魔大王より凄まじい、とは何ごとだ。思い違いをしているのだろう。いくら当代大名で随一の賢しさ、と誉れ高い玄蕃頭でも、つまらぬ間違いをすることはあるものだ。天女のような梅渓院が、閻魔大王のはずがない。

「ここにいらして下さるからには、しっかと某がお守りせねば」

また唇を引き結んだ。脆くて儚い、青磁を預かるような心持だ。

使命への奮い立つ思いと、甘やかな梅渓院の笑みが混じり合う。

「いかん、いかん。浮き足立ってはならぬ。油断こそが職務をしくじるもとなのだ」

小弥太は音を立てて、自分の両頰を叩いた。

六

《市村座》の小競り合いから、ひと月ほどが経った。桐生は人使いの荒い頼朝のせいで連日、あちこちの大名や旗本の駕籠を担ぎ続けた。

名の売れた陸尺は、一日で数家の大名駕籠を担がされる。あまりの忙しさに、桐生は最初に羽織った法被のまま、家紋違いを承知で他家の駕籠を担いだ。

家紋違いは売れっ子陸尺の証左、とばかりにわざと違う家紋で担ぐ陸尺は少なくない。だが、ここでも咎《とが》める家臣はいない。

「ねえ桐生、腹ぁ減ったなあ。これを送り届けたら鰻でも奢っておくれよう。ちったあ精を付けねえと、倒れちゃうよ」

後ろで駕籠を担ぎながら、龍太がぼやく。

「うるせえ。俺ぁ、粧香んとこへ帰るんだよ。お前に奢る筋合はねえよ」

「ちぇっ、昼間っから男と女が鰻を食って、その先は言うだけ野暮、ってかい。嫌だねえ。女臭い奴と駕籠を担ぐなんざ、ご勘弁願いたいや」

おほほん、と駕籠の中から大仰な咳《しわぶき》が聞こえた。田舎大名が下卑た話に抗議をしているつもりだろう。桐生は不知顔で続けた。

「こないだは、出しゃばりな若旦那のせいで決着しなかったけどよ。そのおかげで粧香の怒りが治まったんだ。機嫌取りを続けるに越したこたあねえよ。でねえと居酒屋にも行かせて貰えねえし、色っぺえ女将《おかみ》をこっそり口説けもしねえ」

おほん、とまた咳が聞こえた。

「おみねちゃんは、どうしたんだい。あの娘《こ》と好い仲だったんだろ」

「まあな。でも仕方ねえや。女っぷりじゃあ粧香に敵《かな》いっこねえし、何たって稼ぎが違わあ。乗り換えなくてどうすんでえ」

もう諦めたのか、咳が止んだ。こういうおとなしい田舎大名は一番の上客だ。

背後から、龍太の溜息が聞こえる。

「本気で桐生に惚れてたんだろ。可哀想に」

「俺が粧香と暮らしてるなんざ、あいつは知らねえよ。蕎麦屋にも、とんと足を向けてねえしよ。何も知らねえんだから、可哀想もへったくれもねえよ」

龍太はそれっきり口を噤んだが、思い出したように甲高い声を上げた。

「そういえば三日前だったかな、水無月《みなづき》十三日に《市村座》に陸尺連中がただで押し入ろうとしたんだってさ」

「またかよ。ほんっとに飽きねえ奴らだな」

「今度は丹波守《たんばのかみ》さま（信濃国松本《しなののくにまつもと》領当主・松平光雄《みつお》）お抱えの、陸尺二人だってさ」

ううむ、と駕籠の中で唸る声が聞こえた。不穏な話に、警戒をしているらしい。

「奴らは金に困るとよ、使っていた褌を外して、無理やり質屋で金に換えさせるくれえだからな。おい龍太、そういう無粋な奴らとは、ぜってえにつるむなよ」

「わかってらあ。それより、丹波守さまの陸尺連中は相当に頭に来てるらしいよ。仲間を集めて押《の》してやる、って息巻いてるってさ」

聞いているだけで、うんざりだ。だから、俺みたいに要領よくやってりゃいいのによ。

「龍太、もうその話は止《や》めろ。駕籠の中の殿さまにも無礼だぞ」

「おいらはただ、あいつらの諍いに桐生が巻き込まれたら、って心配で」

「いつも言ってるだろ、あんな奴らは俺の一声でおとなしくさせてやらあな」

「またそんな――」

今度こそ、龍太は黙り込んでしまった。

駕籠を送り届けた桐生は、ぶらぶらと本所深川へ戻った。通りの先を、道具箱を担いだ男衆《おとこし》が歩いている。

「おう、親仁《おやじ》さんよ」

先頭の男がゆっくりと振り返った。粧香と同じ並びの長屋に暮らす、大工の甚吉《じんきち》だ。

「あ、桐生の兄さんっ。午前《ひるまえ》なのに、もう勤めは終いかい」

甚吉に従いて歩く弟子衆の一人が、甲高い声を上げた。

「よう、三平《さんぺい》。今日も親仁さんを、きりきり手伝ってるか」

三平は唇を尖らせた。

「おいらは一番弟子だぜ。手伝うなんてもんじゃねえよ。鉋掛《かんな》けなら、もう棟梁《とうりよう》に負けねえ腕なんでえ」

「三平、つまらねえ与太を吹いてんじゃねえ」

甚吉がぼそりと戒める。弟子衆は慌てて道具箱を担ぎ直した。

「桐生の兄貴、またねっ」

十《とお》を過ぎたかどうかの子供から、十八になる三平まで、弟子衆はきちんと桐生に頭を下げてから、長屋に駆けて行った。

「親仁さんも大変だな。子飼いの弟子が七人じゃ、飯の世話だけでもたいそうなもんだ」

甚吉は頭に巻いたままの手拭を払い、丁寧に腰に挿した。

「わっしの子だと思ってるからな」

親を失った子供らを、甚吉は長屋に住まわせながら、大工の修業をさせている。

「お前さんとおんなしだ。いずれ、一人立ちするまでのことさ」

「そら、親仁さんの仕込みとあっちゃあ、いい腕前の大工《でえく》になるだろうさ。俺ぁ、不器用が過ぎて大工になれなかったけどよ」

甚吉が桐生を見上げた。深く日に焼けた顔には細かい皺《しわ》が刻まれ、目は俠客《きようかく》のように鋭い。

「陸尺連中に、何かあったのか」

首を傾げる桐生に、甚吉は低い声で続けた。

「ここへ戻る道すがら、やたらと陸尺が目に付いたんでな」

「親仁さんよ、月次ほどじゃねえけど登城やら下城する殿さまはいるんだ。そら陸尺連中が目に付くだろうよ。別にてえしたことじゃねえ」

「目に殺気があった」

甚吉が呟く。同時に「き、桐生っ」と背に声が掛かった。

振り向くと、翔次が駆けて来る。

「桐生、厄場《やば》いぜ。《市村座》に恥を掻かされた礼をする、って陸尺連中が集まり始めた。べらぼうな数になっているらしい」

龍太の顔が浮かんだ。さっきまで一緒に駕籠を担ぎ「誰を誘って鰻を食うかな」とぼやきながら、桐生と別れた。

桐生の胸中を見たように、翔次が続ける。

「龍太の家《やさ》なら、もぬけの殻だったぜ」

「あんの野郎、また巻き込まれちまったのか」

「そうじゃねえだろ」

翔次の目に、幽かに桐生を責める色が浮かんだ。

「《市村座》に駆け付けた時、桐生は〝俺が陸尺連中を力ずくで押さえこんでやらあ〟って息巻いたろ。けどもしや、桐生が返り討ちに遭ってねえかと、龍太は心配したんだ。そんで桐生を助《す》けようと、飛び出したんだろうが」

「龍太の莫迦が。とにかく、行くぜ。じゃあな、親仁さん」

駆ける二人を、家紋を背負った男が数人、団子になって追い抜いて行く。桐生はすかさず、一人の襟を摑んだ。

「何しやがるんでえっ。おっと、桐生かよ。てめえも急げ。《市村座》へお礼参りだ。同じ陸尺として捨て置けねえだろ」

「莫迦な真似をするんじゃねえよっ。何人くれえ集まってやがるんだ」

桐生の剣幕に、襟を摑まれた男が首を竦《すく》めた。

「さ、さあ。伝手《つて》から伝手に話が来たからな。多分、百七十人くれえにはなる」

桐生は男を突き飛ばした。

「てめえと、そこのお前らもだ。今すぐ引き返せ。《市村座》の騒動に加わりやがったら、この桐生がぶっ殺すぞっ」

桐生は再び全力で駆け出した。翔次の足音が続く。

《市村座》が近づくにつれ、桐生は周囲のざわつきを耳よりも肌で感じた。

何ごとか、と辺りを見回す男衆がいれば、慌てて逃げ出す女衆もいる。町人を突き飛ばしながら、陸尺連中が続々と駆け付ける。

《市村座》は、めかし込んだ客で、ごった返していた。だが、手に手に木刀や木槌《きづち》を握った陸尺が押し寄せる様子を見て、悲鳴が沸き上がった。

「てめえら、また来やがったかっ」

木戸番に札売り、半畳売りが次々と飛び出してきた。

「は、偉そうな口を叩いていやがらぁ。こちとらお喋りしに来た訳じゃねえんだよっ」

先頭の陸尺が嘲笑《あざわら》う。背後の陸尺から、一斉に怒声が上がった。陸尺連中が背負う家紋を見て、桐生は足を止めた。

丸に立ち葵《あおい》。奏者番《そうじやばん》と寺社奉行を兼任する、本多紀伊守《ほんだきいのかみ》の家紋だ。周囲を見遣る。九曜巴《くようともえ》、臥《ふせ》蝶《ちょう》に十六菊、丸に釘抜き。

「くそっ、よりによって重臣の看板をひけらかしやがって」

斜向かいの店からも悲鳴が上がった。米屋の軒先から米搗《こめつ》きの杵《きね》を、陸尺が奪い取っている。止めに入った店主が、杵の柄で殴り飛ばされた。陸尺は向きを変えるや、脇に杵を抱えて駆け出した。

他の連中が大声で囃し立てる。

「うわわっ、莫迦野郎っ、やめ――」

呼び込みがとっさに身を投げ出し、阻もうとした。他の陸尺が呼び込みを羽交い絞めにし、動きを封じる。

陸尺は足を緩めることなく、抱えた杵を鼠木戸《ねずみきど》に振り下ろした。派手な音を立て、鼠木戸が吹っ飛んだ。

轟音が戦いの合図となり、陸尺と《市村座》の連中が入り乱れた。見兼ねた町の男衆が《市村座》に加勢している。

「翔次っ、危ねえっ」

桐生は翔次を力任せに引き寄せた。陸尺が抜き身を振り回している。

「抜き身なんざ持ち出しやがってっ。てめえら、止めろっ」

桐生は揉み合う陸尺と町人の間に飛び込んだ。

《市村座》の男の背後から、陸尺が角材を振り下ろす。とっさに桐生は、陸尺に飛び蹴りを食らわせた。翔次も半畳売りを殴っている男の首に腕を回し、背後に放り投げた。

「おいっ、町人に手を出すなっ。くそったれめが」

怒鳴る桐生に、木刀を肩に掛けた男が怒鳴り返す。

「そういうてめえも陸尺だろうが。裏切る気かよっ」

「莫迦野郎っ、こんなみっともねえざま、国抱の連中に見られてもいいのかよ」

「上等だよっ、国抱もまとめて片付けてやらあ」

木刀を振り上げた陸尺の右脇腹を目掛け、桐生は膝を繰り出した。呻きながら脇腹を押さえるその頭を両手で摑み、桐生は顔を寄せた。

「何だってこんな莫迦騒ぎをしてるんだよ。揃って捕まっちまうのがわからねえのかっ。俺らは人気商売なんだぜ、俺の足を引っ張るんじゃねえよ」

桐生は陸尺のこめかみに頭を打ち付けた。相手の脚から力が抜け、ぐらりとよろめく。

「早く引き上げやがれっ」

陸尺を力任せに突き飛ばした。同時に木刀を奪い取る。吹っ飛んだ陸尺の背後にいた陸尺が煽りを食らい、倒れ込む。

木刀を担ぎ、桐生は争う男どもの間を駆けた。

こいつらはもう、すっかり浮き足立っていやがる。早いとこ龍太を見つけて、ずらかるしかねえな。

「龍太っ、龍太っ、おい、どこだっ」

駆け抜ける左右から、思い違いをした《市村座》の男や、助っ人の町人が、棍棒《こんぼう》や抜いた幟を叩き付けてくる。

「おい、俺ぁ、違うんだ。輩《ともがら》を探しに来ただけでぇ」

眦《まなじり》を吊り上げた男衆の耳には届かない。懸命に躱しながら、桐生は駆けた。

龍太を探しながら、町人に手を上げている陸尺が目に付く度に足を止めた。木刀で容赦なく陸尺を打擲《ちょうちゃく》する。

「おらおら、てめえら、いい加減にしろいっ」

下っ引きが一斉に雪崩れ込んだ。その背後からは、鎖帷子《くさりかたびら》に鎖鉢巻の同心も駆け付ける。だが、陸尺に怯む気配はない。

「元謀《げんぼう》は誰ぞっ、おい、彼奴《きやつ》らをまとめて引っ張れ」

「何を偉そうにっ。俺らぁ、御公儀重臣の江戸抱だ。やれるもんなら、やってみやがれ、木っ端役人めがっ」

頭に血が上った陸尺らは、同心や下っ引きに向けても、木刀や木槌を振り回した。

「おい、そこのっ。貴様もだっ」

木刀を担いで駆ける桐生の前に、同心が立ちはだかった。

「旦那、思い違いでさ。俺はこの場を治めようと」

「言い逃れができると思うかっ、木刀を下ろせ」

逆らう意はないことを示すために、木刀を下ろした。同時に背後から、木刀を奪われた。振り向くと、龍太が木刀を構えている。

「おい龍太、探したんだぜ。心配かけやがって――」

龍太は無言で木刀を構え、同心に目を据えた。蒼白な顔で、幽かに手を震わせている。束の間、迷うように目が揺れた。

「おい、龍太。何を」

龍太が奇声を発しながら、同心に突進した。振り上げた木刀を、すかさず同心が十手で受け、捻りながら封じ込めた。

「おい、こいつを縛り上げろっ」

下っ引きが一斉に駆け付ける。瞬く間に龍太は、地面に引き倒された。

「桐生、逃げてっ」

龍太が叫んだ。

「おい待てよ、同心の旦那、見てただろ。こいつは俺の木刀を奪ったんだ、お縄にするなら、木刀を担いでいた俺もだろうが」

桐生が下っ引きと龍太の間に、割って入ろうとすると、龍太がまた叫んだ。

「だめだっ、逃げて、早く」

「ええい、邪魔するでないっ、お前も縛り上げるぞ」

「やってみろよっ」

刹那、桐生は羽交い絞めにされ、凄まじい力で引き離された。

「翔次、てめえ、邪魔すんなっ」

俯せに押さえ込まれた龍太が、懸命に顔を上げた。

「おいら、こんな風にしか桐生に礼ができない。お願い、早く逃げて」

龍太の頬が擦り剝け、血が滲んでいる。押し倒されたはずみで口も切れたのか、一筋の血が顎へ滴っている。

「翔次、放せっ」

桐生が懸命に両手を振り回すが、翔次は無言のまま力を緩めない。龍太が掠れた声で繰り返す。

「桐生、桐生、桐生」

下っ引きが龍太の頭を殴り付け、押さえ込む。これ見よがしに顔を地面に擦り付けられながら、龍太がまた懸命に顔を上げる。唇の動きを桐生は見つめた。

ありがとよ。いつもいつも、ありがとよ。

「龍太っ、っきしょうめ、翔次、放せ――」

翔次の力が緩んだ、と思った直後、耳の後ろに激痛が走った。同時に目が霞み、足許が揺れた。

懸命に踏ん張っても体が傾いでいく。

再び翔次が桐生の肩に腕を回し、龍太と喧騒から引き離す。

「龍太、龍太、おい龍太、何でだよ」

力が入らず、声が掠れる。

周囲は土埃で目路《めじ》が利かない。土煙が巻く中を、引き摺られてゆく龍太が影絵になっている。桐生は座り込んだまま、煙る通りを眺めた。

「桐生、ここを早く離れようぜ」

翔次に腕を摑まれ、のろのろと立ち上がった。

「ってえな、翔次。力任せに人の耳の後ろを殴りやがって」

「そうでもしねえと、桐生を押さえ込めなかったんだよ。龍太が体を張って、せっかく桐生を助けたんだぜ」

翔次が桐生の肩を支えながら、低い声で呟く。

「桐生、ちっとまずいかも知れねえ」

重い疲れを感じた。龍太を助けられなかったせいか。体が重くて、今にも崩れそうだ。

「見ただろ、重臣の家紋を背負った陸尺が先頭に立って暴れてた。あいつらは、いつもそうだ。面目丸潰れにされちまった御公儀は、黙っちゃいねえぜ」

「もう知らねえよ」

翔次が溜息を吐いた。

「止めに入ったおいらたちは、陸尺を敵に回しちまったかな」

桐生は力なく鼻で嗤った。

「上等だよ」

しばらく、二人は無言で歩いた。

「龍太は江戸払いか軽追放ってところだろ。いずれ、ひょこっと戻って来らあな」

桐生が声を張り上げるが、翔次は無言のままだ。

組み伏せられた龍太の顔を思い返す。

何が、「ありがとよ」だ。いつだって、俺は俺のために動いてんだよ。人のことなんざ、どうでもいい。上大座配の俺を守るために動いてんだよ。

だのに、魚の骨が引っ掛かっているような痛みを感じる。

「龍太はほんとに人が好いな。莫迦野郎が」

何ごとかを考え込んでいる翔次と別れ、粧香の家に帰った。腰高障子を繰ると、粧香はいなかった。

粧香は座敷の前に、半玉《はんぎょく》に三味《しゃみ》の稽古を付けたり、上客から振舞茶屋に招かれる日が多い。痺れが残る耳を摩《さす》りながら、桐生は板敷に引っくり返った。

あのおとなしい半玉は、お志津《しづ》という名だったか。蕎麦屋の娘にどこか似た、垢抜けしきれていない風情ながらも、きちんと背筋を伸ばし、粧香の教えを聞いていた。

粧香の教えは時に厳しかったが、妹分のお志津への慈しみが滲む厳しさだった。お志津は粧香に決して甘えることなく、けれど心から慕っていることが、傍目からも伝わった。

顔だ稼ぎだ、と嘯きながらも、己のほうが粧香に寄り掛かり、甘えきっていた。お志津に見せる厳しさと、己に向ける厳しさはてんで違うものなのに、いつの間にかごっちゃにしていたらしい。

体中が、ぎしぎしと軋んで痛む。顔に触れると、あちこちが腫れていた。負かす一方だと思っていたが、結構やられていたらしい。

夜更けても、粧香は戻らない。桐生は濡れた手拭を顔に当てながら微睡《まどろ》んだ。深更に、茶屋の丁《でっ》稚《ち》に送られて帰って来る日もある、と自分に言い聞かせた。

夢を見たような、見ないような、半端な眠りを繰り返した。土煙の中で、龍太が懸命に桐生を探していた。桐生も龍太を探している。

しらしら明けになっても、粧香は戻らなかった。

「――だよな」

あれだけの騒ぎだ。粧香の耳にも、すぐと伝わったはずだ。

這いつくばったまま、油障子を開け放った。大川から漂う潮の香りは、何故か朝が一番濃い。湿った風は、鈍痛が残る体に心地よかった。

「陸尺連中を止めるためだったんだけどなあ」

だが、木刀を担いで駆け回る桐生を見て、仲裁に入っていると思う者などいないだろう。

油障子の片隅に小さな穴がある。粧香が投げつけた紅筆の痕だ。

そこだけは塞いでから出て行こう、と桐生は腰を上げた。油障子の向こうに、甚吉一家が出て来る姿が見えた。

「ありっ、桐生の兄貴、その顔はどうしたんでえ」

三平が素っ頓狂な声を上げた。

「色男に磨きが掛かっただろ」

桐生の応えに、弟子衆はどっと笑った。

「あちこちが青かったり赤かったり、確かに色男だねえ」

弟子を促しながら歩き出した甚吉が呟いた。

「お前さんは、相変わらず不器用だ」

二章

一

今日も玄蕃頭の朝湯に、小弥太は付き合わされた。どころか、玄蕃頭はいつの間にか湯屋の一月《ひとつき》ぶんの券、百四十八文也まで購《もと》めていた。

「殿さま、上屋敷には総檜の立派な湯殿がございまするのに。いつまでこんな小汚い湯屋に通うおつもりですか」

恨めし気に小弥太が問うても、玄蕃頭は素知らぬ顔で、さっさか板ノ間（脱衣場）に向かった。

玄蕃頭は湯に入るだけでなく、二階の広間で湯上がりの男どもと談笑するのを楽しみにしている。皆が寛《くつろ》ぐ様子を眺めながら、商売人にそれとなく稼ぎの話を向ける。塩梅がよろしくなさそうな商売人には、儲けかたを細かく指南してやる。

やがて玄蕃頭を頼り、帳簿を持ち込む店の主が増えた。玄蕃頭は「どこの若旦那か決して明かさないけど、相当に儲けかたに長《た》けた御方」と、どの湯屋でも諸手を挙げて歓待されるようになった。

「派手に噂になりまするると、却《かえ》って湯屋に来にくくなりまする」

だが小弥太の進言は、素通りするばかりだ。

今朝とて、板ノ間に玄蕃頭が現れると同時に、旦那衆が一斉に「おお、若旦那、今日はあたしの帳簿をご覧になっておくんなさい。何たって、あたしの木綿屋は夏が勝負ですからね」なぞと、引きも切らぬ。

と、四囲を見回していた玄蕃頭が、ふいと相好を崩した。

「やあ、また逢えたの。息災であったか」

小弥太が目を向けると、いきなり派手な背中が目に飛び込んだ。それが振り向いた途端、思わず小弥太は唸った。

《市村座》で逢った無礼な男が、胡乱《うろん》な目で玄蕃頭を睨み付けている。ようやく思い出したか、「若旦那かよ」と応える。が、すげなく目を逸らした。機嫌が悪いらしい。

「我拶《がさつ》もんの桐生、と申したな。息災であったか」

「息災もくそもねえよ。放っておいてくれ、俺ぁ、あんまりいい心持じゃねえんだよ」

玄蕃頭は、意に介した風もなく、ゆったりと笑んだ。

「そのようじゃな。我拶もんは、わかりやすいの」

桐生は手拭を肩に掛け、背を向けた。

「あんたにゃ、関係ねえよ」

と、洗い場に向かいかけた足を止めた。

「ちょうどいいや、若旦那、背中を流してくれや」

小弥太は卒倒しそうになった。有馬本家当主に「背中を流せ」とは、人道をあまりに外れている。

「貴様――」

「あいわかった。私でよければ相手を仕ろうぞ」

玄蕃頭は着物を素早くまとめて衣棚《ころもだな》に入れ、桐生に続く。慌てて小弥太も後を追った。

「其の方、見事な背中よの」

玄蕃頭が糠袋《ぬかぶくろ》を持つ手を止め、桐生の背を眺めた。

「へっ、お蚕包《かいこぐる》みの若旦那とは、鍛えかたが違わあ」

「鍛えかたも見事だが、この柄がの、見事じゃ」

桐生が首をひねり、己《おの》が背を見下ろした。

「なあんだ、これかよ。若旦那は彫りもんも知らねえ、ってか。ほんとにあんた、勘定はてえしたもんだけど、ものを知らねえな」

いつまでこの無礼者の屈辱に、耐えねばならぬのだ。小弥太は体も洗わず、ひたすらに俯いて堪えた。

「これは昇り龍であろうか」

「見りゃあわかるだろうが。俺ぁ、桐生だろ。りゅうを引っ掛けて龍にしたんでえ。それも紅緋《べにひ》と辛子《からし》色を細かく交互に彫り込んであらあ。そうすっと、お天道《てんと》さまの加減によっちゃあ黄金色に見える、って寸法さ」

だんだん、桐生の機嫌がよくなってきた。忌々しさに、小弥太はそっと舌打ちをした。

「龍が昇ってゆく天や、雲間の柄も見事よの。して、どれほど刻《とき》が掛かるものか」

「柄じゃねえ、って言ってんだろ。そうさな、腕っ扱《こ》きの彫師に頼んだからな。ま、それでも七日七晩、通い詰めたっけ」

「其の方、先ほど浮かぬ顔をしておったが、何ぞ出来《しゅったい》したか」

途端に桐生は顔を顰《しか》めた。そんな表情でも、役者ばりの色気を感じさせる。陸尺《ろくしゃく》としての見栄えは随一だろう。と、我に返り、小弥太は慌てて目を逸らした。

「つまんねえ話だよ。若旦那が治めた《市村座》の喧嘩があったろ。あの後また、入れろ入れないの小競り合いがあってよ、結句、百七十人近くが押し掛けやがった。俺ぁ、輩《ともがら》を探そうと飛び込んでよ、町人に手を出す陸尺を片っ端からぶっ飛ばしたんだよ。グルだと思われたら、俺の評判まで落ちちまうからな。挙げ句にゃ相当な数が双方ともお縄になったんだけどよ」

莫迦め、ざまを見ろだ。小弥太は不知顔《しらんかお》で、玄蕃頭のために洗い粉を用意した。

「結託した陸尺連中の邪魔だてをした、と俺は因縁を付けられちまった。おまけに、女の家を出る羽目になっちまったし。碌《ろく》なもんじゃねえよ」

と、桐生は玄蕃頭に振り向き、にっと笑った。

「若旦那、湿っぽい話なんざして、悪かったな。さ、今度は俺が背中を洗ってやらあ」

「結構にござりまする。某《それがし》、いえ、私がやりまする。桐生どのは、もうお上がりなされ」

素早く小弥太が割って入る。だが玄蕃頭は「左様か。では頼む」と、素直に背を向けた。

「なれど、桐生どの。仲間の陸尺と拮抗すれば、仕事に障りがあろう」

「てえしたことねえよ」

玄蕃頭はしばし、無言で瞑目していた。よからぬ考えを巡らせている気がして、小弥太は気を揉んだ。

「若旦那の店で雇ってくれる、ってか。けどまあ、あんたは金持ちに見えなくもねえが、駕籠《かご》に乗るほどでもねえだろ。そこのしょっぱい面をした手代を見りゃあ、わかるぜ」

ごしごしと背を擦られ、玄蕃頭は心地よさそうに目を細めた。

「そらよ、一丁上がりだ。おい、そこの手代、小太郎だっけか。お前《めえ》も来いよ。背中を流してやらあ」

玄蕃頭の背を派手に叩き、桐生が手招きした。小弥太は応えず、有無を言わせぬ調子で玄蕃頭に詰め寄った。

「さ、若旦那。上がりましょう」

「若旦那、心配《しんぺえ》するなよ。俺ぁ、上大座配《じょうだいざはい》だからよ、そこそこ馴染みの田舎大名が何人もいるんでえ。じゃ、あばよ」

湯でいっそう鮮やかに見える昇り龍が、湯気の向こうに消えた。桐生を見送りながら、玄蕃頭がのんびりと呟いた。

「小太郎、そうかっかとするでない」

「まさか桐生に、勤めの世話でもしようとお考えではないでしょうね」

玄蕃頭は応えぬ。こういう時が、最も怪しい。

「殿さまっ」

「声が大きいぞ、小太郎」

同時に「さ、若旦那。そろそろ上がってあたしの帳簿を見て頂戴な」と、ほうぼうから旦那衆が声を掛けてきた。

「お待ち下さいっ。あんな無礼者、もう金輪際、関わり合いになられませぬよう——」

「若旦那ぁ。あたしゃ、湯あたりしちまいますよぅ」

玄蕃頭が掌《てのひら》をひらひらと、小弥太に振った。

「この話はこれまで」

旦那衆とともに、玄蕃頭が板ノ間に向かうと、小弥太は洗い場に残り、周囲を見回した。

数人の男衆《おとこし》が目に入った。いつも賑やかに湯を使う常連だ。くだらぬ世間話を喋り散らしているので、小弥太は顔を覚えていた。

男のくせに噂話が好きな、この連中はいけ好かぬが、今はむしろ都合がいい。きれいに整えられた町人髷《まげ》から察するに、そこそこ身代のありそうな連中だ。

小弥太は口を引き結び、そっと近づいた。

「旦那がた、お背中を流しましょうかい」

たどたどしく江戸言葉を使うが、男衆は気にする風もない。

「そりゃ申し訳ないこって。はて、どこでお逢いしましたっけ」

小弥太を見上げ、真ん中の男が首を傾げた。

「いやいや、うちの若旦那が二階で皆さんとお寛ぎの間、手が空いたもんですから」

適当に躱《かわ》しつつ、糠袋を強引に取り上げた。

「ねえ、旦那がた。こないだ《市村座》で、ちょっとした騒ぎがあったようですが、ご存じですかい」

唐突に切り出す。他に言いようがあろうが、もとより町人なんぞと世間話をせぬ故、考えるのが面倒だ。

だが、たちまち男衆は嬉しげに、てんでに口を開いた。

「兄《あに》さん、ありゃあ、ちょっとしたどころじゃないですよ。《市村座》は派手に壊されちまって、当分の間興行ができない、って噂でさ」

「そうそう、見物だったたね。小屋掛の連中には申し訳ないけど」

「陸尺ってえのは、やることなすこと騒々しいからね。高みの見物で済むなら、これほど面白いものもないいや、ねえ。それに」

聞きたいのは、そこじゃない。小弥太は、延々と喋りそうな男を遮った。

「だいぶお縄になったとか」

男衆は揃って、ぶんぶんと頷いた。

「当たり前でさあ。入牢したのは、七十人はくだらないそうですよ。ことの始まりは、丹波守さま召抱の陸尺連中だそうで。他の御家もとんだ迷惑をこうむりましたな」

「でも旦那がた、その連中は何と申しましたっけ。——そう、江戸抱《えどかかえ》の陸尺が多かったとか。大名幕臣の御家来衆ではないはず」

「そうもいきませんや。自分とこの家紋を見せびらかしながら暴れられたんじゃあ、不知顔なんて、できませんでしょ」

隣の男が声を潜めて続ける。

「丹波守さまの陸尺は元謀として、遠島だとか。他の陸尺連中も、重追放に中追放、江戸払いらしいですぜ。おまけに《市村座》の座元は戸〆、木戸番らも過料てんだから。とばっちりもいいとこでしょ」

想念よりも遥かに大事になっているらしい。だが、御公儀の面子を潰す騒動ならば天網恢恢疎《てんもうかいかい》にして漏らさず。しごく妥当だ。莫迦な奴らめ。小弥太は背を擦る手に力を籠めた。

「他にはどこの大名家が抱えた陸尺が加わっていたのでしょうかね。ご存じですかい」

一人が首を振った。

「まさかまさか。あたしらなんぞが知る訳ない。んん、いや。ちょっと聞いたかな。先《せん》にね、寄合があって、その帰りに皆で居酒屋に入ったんですよ」

「そうだそうだ。そこにいつも蜷局《とぐろ》を巻いている、下っ引きの若造たちがいるんですが、何だかえらく上機嫌に自慢してたな」

男衆は思い出そうと、それぞれに首を捻った。

「えーと。松平左近将監《さこんしょうげん》さまに、松平伊豆守《いずのかみ》さま、それから本多紀伊守さまだっけかな」

小弥太は糠袋を取り落としそうになった。男衆はさらに、うろ覚えの名を指で数えながら挙げた。

「おお、あとは土岐《とき》丹後守《たんごのかみ》さまに牧野《まきの》備後守《びんごのかみ》さま、と。あたしらもすっかり酔っ払っていたからねえ。あとは誰だっけか」

隣の男が、わざとらしく声をひそめた。

「あたしらから聞いたなんて、誰にも言わないで下さいよ。そうそう口にできる御名じゃないんですから。つるかめ、つるかめ」

とりあえずは充分だ。小弥太は糠袋を押し返した。

「なかなかに重畳《ちょうじょう》。忝《かたじけな》い。礼を言うぞ」

ぽかんと、口を開ける男衆に、素っ気なく背を向けた。問われれば、ほいほいと何でも応える、お人好しな町人連中。これだから江戸雀は浅慮で愚かなのだ。

御公儀屈指の重臣の名が続々と連なれば、さすがに玄蕃頭も関わりを避けるはずだ。

さっぱりした心持は、風呂上がりだからだけではない。小弥太は意気揚々と二階への階段を上がった。

玄蕃頭を取り囲む旦那衆を掻き分け、正面に陣取る。小弥太の顔に、ただごとでない色を感じたか、旦那衆は鼻白んだ顔で散って行った。

「たわけ者、邪魔をするでないと何度も言ったであろう」

仏頂面の玄蕃頭に顔を寄せて囁いた。

「《市村座》で騒動を起こした陸尺連中がどなたの召抱か、ご存じでございまするか」

たたみ掛けるように続ける。

「松平左近将監さまに松平伊豆守さま、土岐丹後守さま。申し上げるまでもなく、いずれも老中。さらに本多紀伊守さまは奏者番兼寺社奉行。牧野備後守さまは京都所司代。ちょっと聞いただけで、これだけ出て参りました」

玄蕃頭は考える風に、首を傾げた。もう一押しか。

「陸尺連中がただちに牢所に入れられたからといって、決着した訳ではございませぬ。抱えた重臣に咎はないにせよ、他家から笑い者にされ、肩身の狭い思いをさせられまする。ましてや御公儀に恥を掻かせた御家として、城内での立場も危うくなりましょう。かような時に桐生なぞと関わるのは、英明な殿さまらしからぬ行いですぞ」

ほとんど玄蕃頭に圧《の》し掛かって、まくし立てた。玄蕃頭がのんびりと呟く。

「非風非幡《ひふうひばん》」

何を言っているのかわからず、小弥太は圧し掛かったまま玄蕃頭を見つめた。

「知らぬか。禅問答じゃ。相手の意を汲みもせず、我《が》のみを通しても何も得られぬ、という意味ぞ。小太郎はまだまだじゃの」

「――殿さまの意、でございまするか。ですから某は、殿さまのお立場を憂慮すればこその」

「桐生の意じゃ。たわけが」

まったくわからぬ。あんな無礼で愚か者の、何が意だ。

「いずれは御公儀のためになる話やも知れぬでな」

ますますわからぬ。玄蕃頭は小弥太を押し退けると、身軽に立ち上がった。

「とにかく、桐生から目を離すな。あれが職にあぶれておるようであれば、ただちに屋敷に連れて参れ」

「否、と応えたら某をどうなさるおつもりですか」

思わず玄蕃頭を睨み上げる。玄蕃頭も不敵に小弥太を見下ろした。

「姉上に一生、逢わせてやらぬわ」

二

桐生は薄暗いうえに薄汚い部屋で、すっかり腐り切っていた。

《市村座》の騒動を、御公儀は口入屋である駕籠宿の監視不行届とみなし、駕籠宿へ戒告するととともに、人宿《ひとやど》へ組み込んだ。

人宿は寄子《よりこ》と呼ばれる奉公人全般を送り込む。ここに江戸抱の陸尺が組み入れられるとともに、給金《しんしょう》が一斉に下げられた。

いったいに給金の高い陸尺に御公儀は常々、手を焼いていた。故に《市村座》の騒動を口実に、陸尺を締め上げる魂胆が丸見えだ。

さらに赤坂奴と呼ばれる挟箱持、槍持らが華美に装うのも厳しく禁じた。

駕籠宿の他にも手広く人宿を営む頼朝の長屋に、桐生が転がり込んで五日が経つ。宿なしとなった桐生に、甚吉が声を掛けてくれたが、弟子衆を養う長屋に世話になるのはさすがに気が引けた。頼るつもりは毛頭ないが、どうした訳か、翔次は忽然と姿を消してしまった。

頼朝が差配する陸尺の稼ぎ頭は己だ。桐生はそこにつけ入り、強引に入り込んでやった。

噂に頼朝の吝嗇《りんしょく》ぶりを聞いてはいたが、実際に暮らしてみると徹底していた。酒も煙管《キセル》も喫《や》らず、銭勘定をしているか飯を食っている姿しか、桐生は見ていない。

毎朝、飯炊きの婆さんが来る。頼朝に負けない、吝んぼで陰気な婆だ。今朝も七輪を熾《おこ》しながら、桐生を横目で睨んでいる。

「やい、くそ婆。文句があるなら言えよ。朝っぱらから陰気な面ぁしやがって」

「は、何だい、偉そうに踏ん反り返りやがって。若え衆が働きもしねえでよ。俺がこの歳になっても、こうして忙しく立ち働いているってのに。この腐れ魔羅めが」

桐生はごろりと背を向けた。

「しょうがねえだろ。仕事がねえんだからよ」

腰高障子を引いて、のそりと頼朝が入って来た。四十を過ぎているが、今なお独身《ひとりみ》だ。

「よう、頼朝さんよ。どっかから駕籠舁の声は掛かってねえか」

頼朝は白髪混じりの貧相な頭を振った。

「あるにはあったけどな。お前さんが組むと聞いたとたん、陸尺連中は〝だったら俺ぁ抜けるぜ。他を当たってくんな〟だと。まあ、こっちとしては、急いで替わりを探す労は刻の無駄。刻の無駄は銭の無駄。悪《わり》いが、今日も仕事はなしだ」

陸尺や奉公人を差配するだけの人宿のくせに、妙に疲れた顔で腰を下ろした。

「俺ぁ、腑に落ちねえ。《市村座》では確かに、陸尺連中を片っ端から殴った。けど、どいつもこいつも、ちっと頭を冷やせばわかるだろうが。俺が止めなかったら、もっと大勢の奴らが引っ張られたかもしれねえんだぞ」

「お前さんが相方の龍太を見殺しにしたからだろ。まあ、俺にはどうでもいい」

桐生は勢いよく半身を起こした。

「どうでもよくねえだろっ。見殺しになんざ、してねえよ。仕方なかったんだ。なあ、だったら翔次はどうしてる。あいつもお茶を挽いてんのか」

「あいつは仕事に出ている。あれは、龍太の意を汲んで、お前さんを引き離しただけだからな。お前さんのぶんも忙しくしてるよ」

筋が通っていない。桐生は苛々と爪を噛んだ。己だけを、誰かが悪者に仕立てているとしか思えない。上大座配に妬み嫉《そね》みは常だが、妙に陰険だ。

「なあ、このまま干されっぱなしになんか、ならねえだろうな」

頼朝は応えずに、桐生に掌を向けた。

「それよりも、忘れんうちに今日の宿賃を払ってくれ」

「忘れねえよ。忘れてねえけど、こうもあからさまに手を出されると、気持よく払うもんも払えねえよ」

頼朝は暗い目で、掌を出し続ける。舌打ちをしながら、桐生は百五十文を数えた。

「しっかし、これって、高くねえか。飯盛女《めしもりおんな》のいる旅籠《はたご》ならともかく、くそ婆しかいねえ湿っぽい長屋なのによ」

婆さんが菜の載った皿を、大きな音を立てて板敷に置いた。今日も青菜の塩漬けと煮豆腐。味噌汁には具が入っていない日もある。

「毎日、二回もおまんまを食らっておいて、何さまのつもりだよ。文句があるなら、溝浚《どぶさら》いでも何でもしな、ってんだ」

そういや、おみねから粧香に乗り換えたのは、冬の終わり頃だっけか。

桐生は目の前の、しみったれた皿を眺めながら、粧香と囲んだ豪奢な膳を思い浮かべた。気風《きっぷ》のいい粧香は料理屋で、桐生が口にしたことのない鮟鱇《あんこう》や、白子や牛蒡《ごぼう》、蓮根の天ぷらを惜しげもなく並べさせていた。春ともなれば眼張《めばる》と筍の炊き合わせに皿が替わり、二人で何杯も酒を酌み交わした。

興が乗れば、お志津を座敷に呼び三味《しゃみ》を弾かせる。音色に乗せる粧香の小唄や舞は見事だった。男ものの羽織を小粋に肩に掛け、斜めに流し目をくれながら、朱羅宇《しゅらう》を吹かす粧香の姿を、桐生は何度も思い返していた。

「なあ、頼朝さんよ。せめて百文に負けてくんねえかい。でねえと俺ぁ干上がっちまう。そしたら、ここの宿賃も払えねえぜ」

「お前さん、たんまりと稼いでいただろうが」

無駄口も勿体ないのか、頼朝は常に素っ気ない。黙々と青菜を飯に載せて食っている。

桐生は箸を放り投げ、また引っくり返った。

「だったらよ、百二十文にしてくれ。でねえと、俺ぁ湯屋にも行けねえ。あんた、奉公先が決まれば、奉公人と雇い主から口入料やら口銭、世話料と、さんざんに巻き上げているだろうが」

自棄《やけ》になって言い募るが、頼朝も婆さんも応えない。箸を使う音だけが響く。

「それより何より、俺の稼ぎから、都合どれくらい掠め取ったんだよ。少しくれえ、恩義に感じてくれてもいいだろうが」

焦りは日毎《ひごと》に募っている。確かに田舎大名や旗本に顔は利くが、一人で「駕籠を担がせてくれ」と飛び込んだところで話にならない。

舌打ちをしながら、桐生は腰を上げた。

「湯屋に行ってくるぜ。どうせ仕事がねえんだからよ」

もそもそと米粒を掬うばかりで、値切りに応じない頼朝の脇を、わざと足音荒く通った。

御籾蔵《おもみぐら》の壮大な構えを望む八名川《やながわ》町《ちょう》に、頼朝が住む長屋はある。粧香が住まう本所深川は、すぐ先なのに、遥か遠くに引き離されたかのようだ。

通りを忙しく、町人が行き交う。己だけがあてもなく歩いている。生温い潮風を受け、桐生は空を仰いだ。

めっきり姿を見せなくなった桐生を、江戸雀はどう噂しているのだろう。ついに落ちぶれた、と嗤っているのか。

競争と出入りの激しい陸尺連中だ。いつの間にか、掻き消えた陸尺を何人も見た。と、背後から声が掛かった。

「待て」

怪訝《けげん》に思いながら振り返ると、見知らぬ若侍が立っていた。銀鼠《ぎんねず》の羽織袴《はかま》が凛と張り、背筋も正しい痩軀《そうく》の武家だ。

「へえ、どちらさんで」

若侍は口を引き結んだまま、動かない。薄ら寒い殺気を放っている。思わず桐生は一歩、退いた。

「俺が何か、粗相をしましたかい。ぼーっと歩ってたんで、何かあったのなら、堪忍しておくんない」

だが、若侍は尚も無言のまま、桐生を睨み据える。桐生は舌打ちをした。何だか知らねえが、まだ俺の人生にはケチが付くのかよ。

「おうおう、文句があるなら仰っておくんない。斬って捨てるってんなら、好きにしやがれ。けどよ、訳も知らずに死んでやるほど、俺ぁお人好しじゃねえし、暇じゃねえぞ」

「貴様、惚《とぼ》けておるのか」

睨み据えたまま、若侍が唸った。どこかで聞いた声だ。

桐生は同じ高さにある、武家の目を見返した。妙に鋭い目。手代のくせに――。

「おっ、お前、小太郎だろう。驚かすなよ。何でえ、お武家の形《なり》なんざしやがって。ははあ、もしやあの若旦那、とうとう苗字帯刀御免と相成った、てか。でもよ、手代のお前までお武家の形っつうのは、やり過ぎだろうが」

「無礼者っ、その口を改めろっ」

鋭い声が空《くう》を奔《はし》った。大声ではないが、周囲の町人が足を止めるほど、胆力のある声だ。

「――小太郎、お前、本物かよ」

小太郎は、さらに目を細めた。

「某は小太郎にあらず。坂西小弥太と申す。小太郎とは、玄蕃頭さまと町人の形をして外に出る際に使っておった仮名《けみょう》。貴様が二度とその名を口にするな」

「げん――」

小弥太が嘲笑うように、片頬を上げた。

「筑後国久留米領第七代当主、有馬本家第八代当主、有馬玄蕃頭さまであらせられる。貴様が、さんざんに愚弄した御方よ」

「なーんだ」

桐生は口を開けて笑った。小弥太が幽《かす》かに、当惑の色を見せた。

「やっぱりな。どっか浮世離れした野郎だと思ったけどよ、殿さまなら仕方ねぇや。で、わざわざ俺に正体を教えに来てくれたってか。ま、どっちでもいいんだけどよ」

「黙れっ、無礼者っ」

胸ぐらを摑まれた。眦を吊り上げ朱に染まった頬は、激昂していても女形《おやま》のように妙に妖艶だ。

しかし、ひょろ長くとも、さすがは侍。何の気配も見せず転瞬のうちに、桐生を摑み寄せた。初めて逢った時もそうだった。思わず口笛を吹く。

「貴様、いつまでも粋《すい》がっていられると思うな。玄蕃頭さまがお許しになっても、某は許さぬ。叶うなら、今すぐに斬り捨てたい。いや、貴様のような糞袋《くそ》を、某の刀で斬るなぞ汚らわしい。いずれ必ず、縊《くび》り殺す」

「わーったから、手を放してくれよ。そんなに俺が憎いなら、関わって来なけりゃいいだろうが。俺ぁ、忙しいんだ」

小弥太の手を払い、桐生は胸元を整えた。何ごとか、と周囲に人だかりができ始める。

「やはり素町人《すっちょうにん》は愚かよの。見栄ばかり張りおって。貴様は《市村座》の騒動から、勤めが一切なくなったであろう」

「何だよ、それ。くだらねえ。俺は引く手数多《あまた》の上大座配だ、いくらでも仕事なんざ――」

「来い」

小弥太が背を向けた。

「何でえ、どこに行くんだよ」

苛立たしげに小弥太が振り向く。

「貴様が職を失ったのであれば、ただちに屋敷に呼べ、と玄蕃頭さまが仰せだ。黙って従いて来い。それから、二度と貴様から某に声を掛けるな」

桐生は足を速め、小弥太に並んだ。

「へええ。そりゃ、ありがてえや。俺に玄蕃頭さまの駕籠を担がせてくれる、ってか。でもよ、一緒に担ぐのは、有馬の国抱かい。だったら、俺ぁ下りるぜ。俺ら江戸抱の陸尺はよ、田舎もんの国抱とは駕籠を同じくしねえ、って決まりがあってよ」

小弥太が足を止めた。桐生が怪訝に思う間もなく、突き飛ばされた。同時に、脚を払われ、派手に尻餅を搗《つ》いた。

「てめえっ、何しやがんでえっ」

刹那、顎を蹴り上げられ桐生は仰臥《ぎょうが》した。思い切り舌を噛み、涙が滲んだ。

懸命に起き上がろうとする桐生の首元を、小弥太が力任せに踏み付けた。涼しい顔で、桐生を見下ろす。

「貴様に関われば、当家とて他家から笑い者にされる。御公儀から嫌疑を掛けられるやも知れぬ。某は懸命に玄蕃頭さまに進言した。なれど、玄蕃頭さまは聞き入れて下さらぬ」

ぐい、と桐生の首元をさらに踏み付ける。両手で小弥太の足首を摑むが、寸とも動かない。桐生は歯を食い縛りながら、小弥太を睨み上げた。町人らは、武家に踏み付けられる桐生に、見て見ぬふりを決め込んでいる。皆、足早に去って行く。

悠然と笑みながら、小弥太はさらに右足を踏み込む。人一倍、見栄に拘《こだわ》る桐生が、最も恥辱を覚えると、わかってやっている。

わずかに小弥太が足を上げた。桐生は勢いよく跳ね起きると、激しく咳込んだ。

「住むにも食うにも窮しておろう、と玄蕃頭さまは気遣っておられる。有馬家上屋敷の足軽長屋に入るように、との仰せだ。せいぜい小者らと下働きに励め」

桐生は咳込みながら、目の端で小弥太の位置を確かめた。

「従いて来い」

桐生は立ち上がりざま、踵を返した小弥太の腰を蹴り飛ばす。すかさず小弥太の肩を摑み、振り向かせる。その頰に拳を打ち込んだ。

小弥太が倒れると同時に、馬乗りになる。胸ぐらを摑み、小弥太に顔を近付けた。だが小弥太は、なおも冷笑を浮かべている。

「貴様、かような真似をして、どうなるかわかっておるのか」

桐生はきれいにたわむ、女のような小弥太の両目を潰したくなった。

「上等だよ。好きにしやがれ。どうせ江戸中の陸尺から憎まれちまったんだ。仕事もねえ、女には追ん出される。金はどんどんなくなる。俺ぁ、もうどうだっていい」

「自業自得であろう。愚か者めが」

小弥太の白い頰が、桐生の拳を受け、早くも腫れている。桐生は紅い頰に、さらに張り手を食らわせた。

「そうだよ、どうせ愚かもんだ。けどよ、輩を助けるのが、そんなに悪いのかよっ」

小弥太は冷笑を浮かべたままだ。

「てめえにも大事なもんがいるだろうっ。そいつが危ねえ、って時にもお武家の体裁を重んじるのかよ。男ってえのは理《ことわり》を素っ飛ばして、飛び込むもんだろうがっ」

「某と貴様は、格が違う」

ふいに虚しさがわいた。同時に力が抜けた。両手を放し、のろのろと立ち上がる。素早く立ち上がった小弥太は、袴に付いた土埃を払いもせず、静かに桐生を眺めている。

「わかったよ。あんたは立派なお武家だ。てこたあ、殿さまの玄蕃頭さまは、もっと立派だ。だから、よっくわかったよ」

「何がだ」

桐生は人差し指を、まっすぐに小弥太に突き付けた。

「お武家のあんたらとは、馬が合わねえ。どうやったって一生、あんたらとは合わねえ。だから、あんたらの世話にはならねえ」

小弥太はそれが癖なのか、静かに目を細めて桐生を見つめた。

「玄蕃頭さまに伝えろ。ほんとに若旦那だったら、俺ぁ、喜んで下働きでも何でもしたけどな。殿さまじゃだめだ」

「某にとっては、願ってもない成り行きだ」

桐生はずっと面妖に思っていた問いを口にした。

「何だって玄蕃頭さまは、俺なんかに親切にしてくれるんだよ」

「知るか」

小弥太は素っ気なく目を堀に移した。朝風の気配を残す水面《みなも》が、細かく震えている。

「有馬は他家に劣らず忠誠心の強い家臣団だ。ことに玄蕃頭さまのように怜悧《れいり》な主君にお仕えするとあれば、家臣の心意気は義の一言に尽きる」

水面や柳が揺れ、町人は風を避けながら、器用に行き交う。小弥太だけが、ぎこちなく見えるほど、まっすぐに立っている。

「それなのにわざわざ、卑しい貴様なぞを何故お側に置きたいのか、気が知れぬ」

小弥太はそのまま背を向けた。

「もう貴様に逢うこともなかろう」

「上等だよ。殿さまに礼だけ伝えてくんな」

小弥太は応えずに、歩き始めた。

「さて、――と」

桐生は空を見上げた。屈託のない夏の空が開けている。

「どん詰まるには、まだ早《はえ》ぜ、桐生」

とはいえ、何も策はない。桐生は精一杯、法被の上体を反らせて通りを歩き出したが、足許が妙に頼りない。

三

清々とした思いで、小弥太は芝三田《みた》に居を置く有馬家上屋敷へ向かった。

湯屋の二階で己の進言が一蹴された時、小弥太は密かに決意した。桐生を屋敷に連れて来る道中で、決裂させてやる。見栄っ張りな桐生のことだ。町衆の目の前で、徹底して恥を掻かされたら、自らご破算にするに決まっている。

目論見《もくろみ》は見事に嵌《は》まった。あっけないほどに。小躍りでもしたい思いだ。足取りも軽くなる。

芝三田周辺には、松平主殿頭《とのものかみ》中屋敷《なかやしき》や松平隠岐守《おきのかみ》中屋敷など、西の雄国の屋敷が多い。玄蕃頭が詰める有馬家上屋敷は芝南新町《みなみしんまち》と芝松本町《まつもとちょう》の間に位置し、堀の向かいには芝御山内がある。

表門が見えたとたん、軽かった足取りは止まった。黒塗りの駕籠が横付けにされている。玄蕃頭の駕籠ではない。

「お姫《ひぃ》さま――。まさか」

思わず駆け出した。門番を突き飛ばす勢いで門を潜り、一息に庭を突っ切った。

玄蕃頭は寛ぐ時や算術を学ぶ時は、閑静な最奥の座敷に陣取る。案の定、四阿《あずまや》と池を望む座敷の濡れ縁に、端坐《たんざ》する玄蕃頭がいた。

「小太郎、戻ったか。して、桐生は何処《いずこ》じゃ」

玄蕃頭の膝には、見知らぬ猫がいる。小弥太は一礼した。

「断られました」

玄蕃頭は無言だ。仕方なく、小弥太から口を開く。

「お役に立てず、無念極まりのうござります。なれど桐生が申すには、上大座配の自分が、よりによって下男なぞ務められるはずがない。こっちから断る、莫迦にするな、と憤怒《ふんぬ》しておりました」

そんなことは言っておらぬが、どうでもいい。玄蕃頭が腫れた己の頬や、土のついた袴に気付かぬはずはないが、何も釈明するつもりはない。

「困りましたね、ぽん太」

ぎょっとして顔を上げると、玄蕃頭は膝の猫に話しかけていた。

「玄蕃頭さま、その猫は」

「姉上の土産だ。儂が先ほど、ぽん太と命名した」

ぽん太、という名なぞどうでもよいが、やたらと図体のでかい、ふてぶてしいよもぎ猫だ。仏頂面で小弥太を睨み上げている。

猫は、のっそりと起き上がると、庭に下りて行った。

「桐生を雇い入れるにあたり、駕籠舁《かき》では周りの目もある故、目立たぬように足軽長屋に置くつもりであったが、裏目に出たか。算術と違い、思惑通りにならぬものよ」

「殿さま、あの、それより梅渓院さまは」

命じられた勤めは果たした。堂々とお姫さまに、己は逢える。

「卒爾《そつじ》に到着した。先達の家臣も来ぬというのに、いきなり本人が現れおった。家臣と女中が全部でたったの三人。相変わらず物騒な人だ。じきにここに参るであろう」

「これ頼僮、早《はよ》う行きましょう」

ふいに背後から声が掛かった。振り返ると、仏頂面の猫を抱いた梅渓院が立っていた。

変わっておらぬ。お姫さまの頃と、何も変わっておらぬ。四尺ちょっとの小柄な姿も、白い小さな顔も、幼女のような舌足らずな喋りかたも。

変わったところと言えば、茶筌髷《ちゃせん》にした頭くらいだ。白い顔の中には、小さな目と鼻と口が収まっている。地味になりがちな造作だが、配置の塩梅がいいのか、何とも愛くるしい。

「お姫さま――、もとい梅渓院さま、小弥太にござります。お久しゅうござります」

うっとりと見惚れそうになる心持を堪え、低頭した。

「おや、小弥太かえ。わたくしを覚えておったか。懐かしいの。すっかり好い男になって」

口調はしとやかだが、ちょっと下世話な物言いに聞こえた。

「は、梅渓院さまにおかれましては、息災のご様子にて、恐悦至極にござりまする。ごゆるりとご滞在下さいませ」

梅渓院が小さく首を傾げた。それだけで、梅がほころぶが如く、甘い気配が立ち昇る。

「本来であれば、十三になった能登守の後見として、稲葉家上屋敷にて政務を見守るべきところ。なれど能登守は、何から何まで本明院さまに似てしまった。つまりは、かっちかちのこっちこち。ほんに息が詰まる。双六《すごろく》をしよう、楊弓《ようきゆう》をしよう、雀を獲ろうと誘っても〝母上、わたくしは江戸へ遊びに参ったのではありませぬ〟と、てんで聞かぬ。あまりにつまらぬので、ここへ息抜きに来た次第」

乱暴にも見える動作で、梅渓院は抱いている猫を揺すった。猫は慣れているのかされるがままだ。梅渓院は照れているのだ、と小弥太は解釈した。弟の顔見たさに有馬家上屋敷に遊びに来たのだが、家臣の己にそうとは言えぬ。

「さ、頼僮、早う参ろう。小弥太、これへ」

無造作に猫を押し付けられた。

「本明院さまの愛猫だった可愛げのない猫よ。故に頼僮への土産にと思い、はるばる臼杵から連れて来させた。小弥太、お前が世話をおし」

「梅渓院さま、殿さま、どちらへいらっしゃるのでございまするか」

玄蕃頭がしれっと応えた。

「湯屋じゃ。気晴らしにはやはり湯屋、と姉上に勧めたのじゃ。町人のいろいろな話を聞くが、もっとも息抜きになろう」

「なっ」

小弥太の大声に驚いた猫が腕の中で暴れた。猫を放り出し、小弥太は二人の前に立ちはだかった。

「なりませぬ。殿さまと某ならともかく、梅渓院さまはなりませぬ。よりによって、お姫さまともあろう御方が、そんな下世話な場所に出入りするなぞ言語道断。湯なら、ここの湯殿で――」

「お前、何さまのつもりかえ」

梅渓院がまっすぐに小弥太を睨み上げていた。

黒目がちの愛らしい目許に、小さな黒子《ほくろ》があるのに気付いた。また見惚れそうになり、慌てて小弥太は頭を下げた。

「申し訳ございませぬ」

恐る恐る目を上げると、無言で微笑んでいる。

「あいわかった。ここの女中頭をはじめ、ありったけの女で姉上を囲い込む。さすれば目立ちもせぬ。小太郎、それでよかろう」

何故か、早々に玄蕃頭が折れた。とたんに梅渓院が笑みを消し、澄まして頷いた。

「それでよい。町の女子《おなご》の形なら、支度をしてある。頼篤も急ぎなさい。それから小弥太、もとい小太郎」

「いいえ、某は小弥太に――」

「お前もかっちかちのこっちこちじゃ。少しは江戸の風に馴染んだと思うておったが」

言い放つと、梅渓院はつん、と澄ましたまま濡れ縁に上がった。残された玄蕃頭は、ほれ見ろ、といった顔で小弥太を見遣った。

「あの人は怒りかたも、怒る頃合いも、どうにも想念が及ばぬ。故に儂は幼い頃から、常に姉上の顔色を窺っておった。父上の梅巌院《ばいがんいん》にそっくりじゃ」

正徳《しょうとく》三年（一七一三年）に四十歳にしてようやく初のお国入りを果たした梅巌院の話は、小弥太もよく聞いた。

英明にして博識、有馬の政《まつりごと》においても辣腕を発揮した。家臣の登用は家格を問わず、その才知で大胆に配した。だが、なかなかの癇癪持ちでもあったらしい。

「姉上と儂は一つ違い故、幼い頃は、なりふり構わずに取っ組み合いの喧嘩もした。そんな時、姉上はげらげらと笑いながら儂に殴りかかってきおった。いっそ不気味な女子じゃ、と幼心に恐れたものよ」

すると、先ほどの笑みは、怒りの笑みだったのか。いや、そんなはずはない。己が幼かった頃を思い返す。

梅渓院はいつも、泡《あぶく》が弾けるような心地よい声で、己に笑ってくれた。怒りの笑みを浮かべるとしたら、どうせ玄蕃頭が悪かったのだろう。

「かような姉上だが、案外と本明院どのと仲睦まじかったようじゃ。本明院どのは誠に優しい性分だったと聞く。さもなければ、あの姉上を受け入れられまい。そう思うと、姉上も気の毒よの」

本明院が領主となった直後、豊後臼杵は大飢饉が発生し、ただでさえ逼迫《ひっぱく》していた財政は、大打撃を受けた。

本明院は四十九もの倹約令を打ち立て、財政復興に導こうとしたが、はかばかしくないまま、二十九歳で燭台《しょくだい》の火が消えるように逝去した。臼杵の窮地が聞こえる度に、そう遠くない場所に嫁いだはずの梅渓院が、途方もなく遠い地にいる気がした。

己を揶揄《やゆ》する言葉がちょっと下世話に聞こえるのも、むべなるかな。幼い主君を一人で支え、苦しい臼杵領を守らねばならぬのだ。体裁なぞ構っていられぬはずだ。

そのお姫さまをお守りできるのは己だけだ。小弥太は決意を新たに、空を見上げた。

四

文月《ふづき》二十七日(八月二十七日)。今日も容赦のない暑さに、桐生は蒸されていた。

大川からの風は熱を孕み、耐え難い湿り気を帯びている。さっさと頼朝の長屋に退散したかったが、陰気な頼朝と顔を突き合わせて過ごすのも鬱陶しい。

行くあてのないまま、溝《どぶ》を浚う男衆を欄干から眺めていた。

「あんなみっともねえ仕事だけは、したくねえな」

町方の抱える臥煙人足《がえんにんそく》が、割下水《わりげすい》や溝を浚う。割下水や堀には、そこかしこに杭が打たれている。塵屑《ごみくず》の溜《ため》となる場所だ。穴の開いた釜や鍋があれば鋳掛屋に売る。煙管の吸い口や欠けた火皿、折れた簪《かんざし》など、どうしようもない物でも古金屋が買ってくれる。これが貴重な小遣いとなる。

併せて溝浚いの日銭が銀三匁。平人陸尺より、ちょっとだけ実入りはいい。だが、男衆は蒸すような暑さのなかでも、刺すような寒さの中でも、端金《はしたがね》のために黙々と手を動かさねばならない。

見ているだけで、みじめさが移ってきそうで、桐生はもたれていた欄干から半身を起こした。

「桐生の兄さんっ」

甲高い声に顔を向けると、三平が駆けて来た。背後に甚吉がいる。

「今日は二人だけか。弟子衆はどしたい」

「棟梁がおいらのための鉋を拵《こしら》えてくれる、ってんで、一緒に職人に逢いに行ってたんだ。兄さんは何してるの」

「何って――」

甚吉は三平に追いつくなり、桐生に目を合わせずぼそりと呟いた。

「桐生、しばらくわっしの仕事を手伝わねえか」

江戸中を渡り歩く甚吉の耳にも、干された桐生の噂は届いているらしい。頰が熱くなるのを感じた。

「俺に大工《でえく》仕事なんざ、できる訳がねえだろ。放っておいてくれよ」

素っ気なく返すが、甚吉は聞こえぬ素振りで続けた。

「材木運びでも掃除でも、手はいくらでもあるほうがいい。どうだ」

今や手許不如意もいいところだ。だが己が、三平たちから扱《こ》き使われ、掃除をするさまを思い浮かべてみた。そんな真似を甚吉が、己にさせることが信じられない。

「無理に決まってんだろうがっ」

思わず声を荒らげた。

「俺ぁ、ずっと殿さまを担いで来たんでえ。それが上大座配だからよ。下っ端の手伝いなら、他をあたってくんな」

頰を引きつらせながら口を開きかけた三平を、甚吉が静かに制した。

「そうか」

「悪いな、親仁さん」

不満げに桐生を睨み上げる三平の背を押し、甚吉が踵を返した。

「桐生」

甚吉が振り向く。

「お前さんは、看板の掛けかたを取り違えている」

それきり、振り向くことなく橋を下りて行った。

「何だよ、意味がわかんねえよ」

吐き捨てながら通りに出た刹那、強い気配を感じた。

四囲に目を凝らす。午下《ひる》がり、地面が揺らめきそうな陽射しの下では、歩く者も少ない。

ふと細い路地の奥に、黒い影を見た気がした。とっさに飛び込む。だが、壊れた桶や、提灯《ちょうちん》が散じている暗い長屋の隙間には誰もいない。

黒羽織の、不気味な男の姿が頭に浮かんだ。感じた気配は、あの男が発していた気を思い出させる。

「あの野郎も俺の噂をどっかで聞いて、嗤いに来たのかよ」

鬱屈した思いが胸に溜まって息苦しい。誰も彼もが嘲笑しながら、桐生の隣をすり抜けて行く。粧香も今ごろ、いい気味だと嗤っているのだろうか。

翔次は何故、姿を見せないのだ。困りごとがあれば俺に言え、と桐生が言った時の嬉しそうな笑みが浮かぶ。

粧香にも、翔次にも、甚吉にも、不信が埃のように積もってゆく。

見上げると屋根に遮られた細長い空が、薄墨の色に翳っている。いや、翳って見えるのは、己の息苦しさのせいか。

どこにも出口のない闇に迷い込んだ気がして、桐生は慌てて路地から飛び出した。

五

「仕事は見つかったのか」

頼朝がぼそりと呟く。桐生は聞こえぬ振りをしながら、茶碗の飯を掻き込んだ。

その晩も、飯炊きの婆さんが作り置いた飯を、男二人で囲んだ。痩せた目刺が三本ずつ、沢庵と一緒に並んでいる。珍しく、味噌汁には葱が浮いていた。

「そろそろ金も尽きた頃だろうが。だってえのに、有馬家からの勤めの誘いをその場で蹴ったらしいな。勿体ない」

「その名を飯ん時に言うなよ。もっと飯が不味《まず》くならあ」

人宿の連中は異様に伝手が広い。小弥太と取っ組み合ったさまを、とうに聞き及んでいたらしい。

何でもいいから仕事にありついて、さっさと出て行って欲しいのだろう。そうはいかねえぜ。桐生は意地になって、飯を掻き込んだ。

「有馬といえば二十一万石。大国とは言えねえが、そこそこだ。くだらんことにこだわってねえで、もう一度、話だけでも聞いてみればいいものを」

「うっせえな。放っておいてくれ」

音高く茶碗を置き、白湯《さゆ》を注いだ。

「――おい、何だこりゃ」

頼朝が人差し指を口に当てた。

「何の音だ」

桐生も天井を仰いだ。

礫《つぶて》が一斉に、凄まじい勢いで屋根を叩いている。雨粒が屋根に穴を穿《うが》ちそうな勢いだ。路地から見上げた、重い薄墨の空を思い出した。

ふいに部屋が明るんだ。耳がしびれそうな轟音が長屋を揺らす。

「雷《いかずち》か、こんなでかい音は初めてだ」

近隣の住人も息を潜めているのか、咳《しわぶき》一つ、聞こえない。いや、すべての音を、屋根を叩く雨が覆《おお》っていた。

二人とも押し黙ったまま、湿った刻が過ぎてゆく。

「明日は長屋総出で、溢れかえった溝の掃除やも知れんな。さっさと寝るに限る」

頼朝は大儀そうに立ち上がると夜具を取り出し、ひっ被った。

雨音を聞いていても仕方ない。桐生も夜具に手を伸ばした時、みしりと家が揺れた。

「何だよ、今度《こんだ》ぁ、地震《ない》か」

呟くと、また揺れる気配がする。見ると頼朝が仰臥したまま、目を開けている。

「風が巻いているな。こんくらいで済めばいいが、強くなったら面倒だぞ」

頼朝の呟きを、容赦のない雨音が消してゆく。

どうにも不気味だ。嫌な気配がする。桐生は着流しを脱ぎ捨て、胸にきつく晒《さらし》を巻いた。駕籠舁の仕事に使っていた法被を羽織り、尻端折《しりっぱしょ》りにする。

それでも心持は落ち着かない。悶々としたまま、暁七ツの時鐘を聞いた。風は、いくぶん和らいだようだ。重い雨の音は残っている。

夜が明けても、雨は降り込めている。いつもなら喧《かまびす》しい棒手振《ぼてふり》の声も聞こえない。町を行き交う人々の気配は一切ない。

飯炊きの婆さんも長屋から出られぬらしく、顔を見せなかった。頼朝と二人、冷飯に白湯をぶっかけ、言葉もなく啜る。

午を過ぎても、雨は途絶えない。灰色の雨が墨色に変わり、夕刻《ゆうこく》を知った。

「参ったな。これを食ったら、飯がないぞ」

釜を覗き込んだ頼朝がぼやく。

桐生は間戸の隙間から、雨を睨んでいた。胸騒ぎは大きくなる一方だ。たかが長雨、と思い込みたいが、胸がざわざわと震える。

「桐生、飯を炊いてくれ」

「何だよ、暖気な野郎だな。飯なんざ、冷飯で充分だろが」

振り向くと、頼朝が見た覚えのない表情をしていた。

「念のために、ありったけの握り飯を作っておこう」

「念のため、って何だよ。縁起でもねえ」

「いいから、握り飯をこさえてくれ。俺ぁ、大事な荷物をまとめておく。いざとなったら、握り飯と荷物を持って、ここを出るしかあるめえよ」

大福帳を揃える頼朝の横顔を見て、桐生は文句を呑み込んだ。

尋常ではない、何かが起こる。

六

二十九日は小降りになったものの、日暮れ前には再び強い雨に変わった。結句、頼朝とともに四日間、雨に閉じ込められ続けた。逃げる前に、握り飯は食べ尽くしてしまった。寄せ集まった長屋のどこからも、人の声は聞こえない。雨が止むよう、一心に念じているのだろう。

時鐘も雨に滲み、薄ぼんやりと届くだけだ。

葉月二日には、朝からこれまでにない大雨となった。午八ツ過ぎには強い風も吹き始めた。盥《たらい》に溜まった雨漏りの水を捨てるそばから、横殴りの雨が吹き込む。間断のない雨のせいか、妙に怠《だる》い。

桐生は法被姿のまま転寝《うたたね》をしていた。表が騒がしい。

長屋に籠りっきりの男どもが、痺れを切らせて外で騒いでいるらしい。

「うっせえな」

桐生はごろりと背を向けた。腰高障子を激しく叩く者がいた。

「――何だ」

頼朝も、怠そうに顔を向ける。勢いよく腰高障子が引かれた。頼朝の顔見知りらしい。

「頼朝っ、大川の水が上がってるぞ。佃島《つくだじま》のほうから、えらい高さの潮が来てやがるっ。両国橋《りょうごくばし》は五尺も水が上がったらしい。さっき、新大橋《しんおおはし》が落ちた。永代橋《えいたいばし》も杭がどんどん流れて、いつ落ちてもおかしくねえって――」

桐生は思わず飛び起きた。振り向いた頼朝に問う。

「頼朝さんよ、新大橋っていやあ、ここからすぐの橋だろ」

頼朝は、さほど周章を見せず、頷いた。

「そうだ。しかし、半鐘も何も聞こえなかったぞ」

男が懸命な形相で喚き立てる。

「火消の奴らも、ここいらの連中も、とうに逃げる支度をしてるんだよっ」

焦れったそうに、男は続ける。

「あんたらも早く逃げたほうがいいぜっ。皆、霊巌寺《れいがんじ》さんか浄心寺《じょうしんじ》さんまで行くぞ」

言い捨てながら駆ける男を追い、桐生は表に飛び出した。男衆が逃げる傍ら、片っ端から長屋の戸を叩いていく。

「いいから、家財なんざ放っておけっ。あんたんとこにゃ、婆さんと爺さんがいるんだろうが。早くおぶって逃げなっ」

「おおーい。早く逃げろっ。水が来てからじゃあ、遅《おせ》えぞっ」

背後から頼朝が出て来た。大きな風呂敷包を担いでいる。

「桐生、俺ぁ、霊巌寺にひとまず行く。小名木《おなぎ》川の向こうのほうが、少しはましかもしれん。お前さんも行くだろう」

二人の前を、女に手を引かれた子供や年寄りが、次々と駆けて行く。頼朝はいつもの疲れた顔で、逃げ惑う町人を眺めた。

「潮が引けば、川も治まるだろう。この様子じゃあ、霊巌寺に行ったところで、どうなってるか。人で溢れ返っているやも」

ふいに言葉を切り、通りの向こうを茫然と見た。

「おい――」

桐生も目を向ける。信じられぬ光景があった。

重い雨の向こうから、濁った川が迫っている。いや、波だ。町の中なのに、波が押し寄せて来る。壁のような、黒い波が迫って来る。

波は酩酊《めいてい》したかのように、うねりながら通りを、長屋を呑み込んでいた。長屋が傾ぎ、土煙と木屑が巻き上がる。波はゆっくりと、町を伸《の》していた。

町人の声が一際、高くなる。逃げる人々が、桐生と頼朝に体当たりを食らわせる。

「行くぞっ」

頼朝が桐生の腕を摑んだ。

「粧香」

「おい、桐生。早く走れっ」

「粧香、親仁」

水の高さは膝ほどだ。だが、水に足を取られた女はもとより、男もあっけなく倒れ込む。

爺さんの手を引いた女の裾が、脚に絡みつく。女は爺さんの手を引いたまま、水の中に倒れた。その背に次々と押し寄せる波で、女はなかなか起き上がれない。

あんな程度の流れでも、歩けねえもんなのか。家も傾《かし》ぐほどなのか。流れる水の力に、慄然とした。

「桐生っ」

頼朝に引かれ、桐生は我に返った。

「俺ぁ、佐賀町に行くっ。粧香が、それに親仁と弟子のみんなが――」

「莫迦野郎っ。佐賀町はもっと大川寄りだろうが。とうに流されちまってるだろ」

頼朝の声が刺さった。

そんなはずがない。粧香や甚吉、皆が流されてしまうはずがない。

「うるせえっ。放せっ。俺ぁ佐賀町に」

揉み合う二人の足許に、濁流が押し寄せる。少しの間に、水は腰の高さまで上がっている。頼朝が足を取られた。背負った風呂敷がずれて、結び目が解けた。大福帳が黒い水にばら撒かれる。

「おっ」

大福帳を掻き集めようと、頼朝が腰を屈めた。同時に、さらに嵩《かさ》を増した黒波が頼朝の背を呑み込む。無数の板切れが、続けざまに頼朝を打った。

「より――」

桐生よりも、頭二つは背の低い頼朝が、流れる茶箱に押される。桐生も腰を持って行かれそうになり、とっさに長屋の壁を摑んだ。

頼朝はそれでも、大福帳を二冊、両手に摑んだ。胸まで浸かりながら、四囲を見回し、さらに大福帳を探している。

「そんなものぁ、放っておけっ」

片手で壁にしがみつきながら、桐生は手を頼朝に伸ばした。頼朝は桐生に見向きもせず、大福帳を追う。いや、一緒に流されていた。

「頼朝っ」

さらに水位が上がる。桐生は頼朝の名を連呼しながら、壁にしがみついた。足を振り上げ、屋根に取り付く。

「頼朝っ。俺の手を摑め」

家財や柱が流れて来る。それだけではなかった。

女も、子供も流されている。桐生は半身を屋根に乗せながら、茫と見下ろした。

「飯炊き婆――」

ちっぽけな板切れにしがみついた、飯炊きの婆さんが流されて行く。

「き、桐生っ。助け――」

婆さんが叫ぶ。

屋根から手をどんなに伸ばしても、届かない。何か婆さんに届く物を、と探しても屋根の上には何もない。

いつの間にか、頼朝の姿が消えていた。

悲鳴が婆さんのものか、他の女のものか、もうわからない。

桐生は歯を食い縛り、屋根によじ登った。その屋根も、頼りなく傾ぎ始めた。

立ち上がり、屋根を懸命に駆けた。凄まじい形相で屋根に取り付くが、流れてきた柱や板きれに打たれ、沈む者がそこかしこにいる。

子を抱いたまま、流れてゆく女と目が合った。女は叫びながら、子を桐生に差し出す。桐生は懸命に、子に腕を伸ばす。だが、指は空《くう》を引っ掻くだけだ。女の口に濁流が流れ込む。掲げた子とともに、女は沈んだ。

二軒先に、二階建ての商家が見える。桐生はさらに足を速めた。

このまま上手く先廻りをすれば、流される頼朝と婆さんを拾い上げられるやも知れない。屋根の上で逃げ惑う町人を次々と追い越し、桐生は商家を目指した。

二階の屋根に飛び移った時、覚えのある声が聞こえた。

「お父《と》っつあんっ」

見下ろすと、低い屋根の上に娘がいる。娘を懸命に屋根の上に押し上げる代わりに、男は顎まで水に浸かりつつある。

「いやだーっ。お父っつあん、お父っつあん」

水にさらわれる父の手を放すまい、と娘が踏ん張る。屋根そのものが、流れ始めた。

蕎麦屋の娘だ。桐生が来る度に期待に頬を染め、嬉しそうに怒ってみせる、ませた可愛い娘だ。

「おいっ」

叫び掛けて、娘の名を覚えていないと気付いた。おみねだったか、およねだったか。己《おの》が腕に、何度も包《くる》み込んだのに。

「――桐生の兄さん」

娘は桐生の声に振り仰いだ。泥で顔の造作もわからなくなっている。

「助けてっ、お父っつあんが」

娘の乗った屋根が、大きな筏《いかだ》のように動き出した。父は手を娘に握られ、水に沈んでは、懸命に顔を出している。

「放せっ、お前まで落ちちまうだろうが」

水を吐きながら、父が絶叫した。大きく屋根が傾ぎ、娘も叫ぶ。

弾みで娘の手が父の手を放す。流れて来た二月堂机が父の頭に激しくぶつかった。沈む父を見ながら、娘は女と思えない咆哮《ほうこう》を発した。

とっさに桐生は二階の屋根から飛び降りた。その刹那、濡れた屋根で転び、尻餅を搗いたまま滑り始めた。

もがきながら腹ばいになり、ささくれた屋根に爪を立てた。娘はあらぬほうを見ながら絶叫している。

指先に激痛が走った。爪が剝がれ飛んだらしい。

「つきしょうめっ」

足先が濁流に触れた。生臭い水に触れたとたん、桐生は脚を跳ね上げた。弾みを付け、娘のいるほうへ四つん這いで駆け上がる。叫びながら流れを覗こうとする娘を、引き寄せる。

「こっちに戻れっ、落ちるだろうが」

「お、お父っつあ」

娘の総身から力が抜けた。仰向かせると、泡を吹いている。

「おい、気を確かにしろ。昏倒している場合じゃねえだろっ」

娘の頬を何度も叩く。屋根はゆっくりと流れてゆく。

周りを人々も流れてゆく。

この中に、頼朝も婆さんもいるのだろうか。甚吉は、十になるかどうかの末弟子は。粧香もいるのだろうか。

卒倒した娘を抱え、屋根ごと流されながら、桐生は周りから目を逸らせた。

恐ろしさのあまり、自ら濁流に飛び込みそうだ。娘を抱いたまま飛び込んで、この恐ろしさを止めてしまいたい。

雷のような音に目を上げた。屋根は、先ほど飛び移った商家の前を流れている。

そこそこの普請だったはずの商家が、轟音とともに崩れていく。桐生の周りの濁流が渦を巻き始めた。

重厚な屋根瓦が濁流に落下し、驟雨《しゅうう》のような飛沫《しぶき》が襲い掛かる。

頼朝も、婆さんも、腕の中の娘も、よくは知らぬ他人だ。だが、こんなに容易に、いっぺんに人が死んでいいはずがない。

「くそっ、御公儀は何をしていやがる」

商家が完全に崩壊した。濁流のうねりが増し、大川からは、さらに波が押し寄せる。潮がさらに高くなる。

桐生の頭を遥かに超える次の一波を見た時、娘を抱き締めながら目を閉じた。

陸尺を追われ、粧香を失い、己の人生は、とことんツキをなくしたと思っていた。

「まだ、こんなおまけがあったのかよ」

黒い波が屋根をゆっくりと反転させ始めた。

この娘と入水《じゅすい》か。最期の最期に抱き合っておさらばとはな。さんざんに遊んだ末に裏切った俺が相手じゃ、おみねだったか、およねには悪いけどな。

反転する屋根と一緒に、桐生の目路も暗転した。

寛保二年、関八州《かんはっしゅう》と越後《えちご》、信濃、甲斐《かい》を襲った嵐は各地の川の水位が戻るまでに、二十日余りを要した。後に〝戌《いぬ》の満水〟と呼ばれる、江戸期最大の惨禍である。

七

有馬家上屋敷にも、大水の凶報がもたらされた。江戸の開城以来、かつてない水害に誰もが慄《おのの》いている。

「御公儀が御船手《おふなて》を出したのは、大川や荒川《あらかわ》が溢れて三日も経ってからだそうだ。何だって、そんなに遅いのだ」

若党らが声をひそめ合っている。小弥太は聞こえぬ風を装い、素通りした。

知ったことではない。虫の好かぬ江戸の町人なぞ、どうでもいい。

それでも沙汰は、続々と入る。

新大橋も永代橋も崩れ、離れ島と化した本所深川へ、御公儀は葉月五日にようやく船を出した。同時に、霊岸島町《れいがんじまちょう》、東湊町《ひがしみなとちょう》、川口町《かわぐちちょう》、北新堀町《しんぼりちょう》などの名主へも船数を揃え、急ぎ本所深川へ船を出すよう命じた。

十二日までに千二百十八艘の船が江戸を駆け回り、三千三百五十七人が助け出された。だが、死者は三千人と伝えられた次の日には二万人に直されたりと、いっかな定まらぬ。それだけ沙汰が迷走しているのであろう。

江戸に住まう者が百万人ほど。もし二万もの人が死んだとすれば、五十分の一少しの勘定だ。小弥太は頭の中で数えてみる。

たいそうな数だ。桐生の悪運が強いとしても、二万人の中に含まれている事態は充分にあり得る。

「そう、彼奴《きやつ》は仕事を失い、女に追い出された惨め極まりない男。かように落ちぶれた者なぞ、助かるはずもあるまい。そうだ、そうに決まっておる」

小弥太は己の独り言に強く頷いた。

若党のひそひそ話は止まらぬ。

「なれど甚大な被害を蒙《こうむ》った深川は、百九十人ちょっとしか助けられなかったらしい」

桐生の棲み家がその辺りなら、絶望だ。小弥太は、ほくそ笑みそうになる口元を引き締めた。

「公方さま（第八代征夷大将軍・徳川吉宗《よしむね》）は、御在の紀州《きしゆう》の技を駆使し、鯨船を造るよう、御船手へ厳命あそばされたそうな。鯨船は風や波にえらく強いらしいぞ」

何を今さら、と小弥太は、今度は呆れ果てる。

水害が起こってから対策すべく船を造っても、後手後手であろう。玄蕃頭ならば、決して崩壊せぬ堤や橋を計り、緻密な図に起こせるものを。

「さすがは公方さま。次なる水害への策を万全にされるとは」

感心しきりの家臣らに、侮蔑の目を向ける。お前らが仕えるのは、玄蕃頭だろう。英明の誉れ高い将軍といえど、玄蕃頭の賢しさには足許にも及ばぬ。

「小弥太どの、殿さまがお呼びであられる」

御用人が現れ、小弥太は己の身形を素早く検《あらた》めた。家臣らと詰めていた座敷を飛び出す。

いつもの最奥の座敷で、玄蕃頭は二月堂机に向かっていた。相変わらず、怖ろしい速さで勘定を書き殴った紙を重ねている。

「殿さま、お待たせ致しまして誠に申し訳ございませぬ」

玄蕃頭はしばらく無言で筆を滑らせていた。ふいに硯《すずり》に筆を置く澄んだ音が響いた。

「ここいらの大名は皆、戦々兢《きようきよう》々としておる」

玄蕃頭が呟く。

「越前守《えちぜんのかみ》さま（寺社奉行・大岡忠相《おおおかただすけ》）が、老中の左近将監さまに進言されたそうな。大水に流された町を、一刻も早く検めるようにとな。なれど、遣わされた者が怪しい」

「何故に、怪しいのでございまするか。いずれも地方巧者《じかたこうしや》でございましょう」

玄蕃頭が庭に向かって「ぽん太」と呼び掛けた。

よもぎ猫は不知顔をして、庭を横切った。

「猫をなつかせるのは難しいの。これも勘定のようにはゆかぬ」

玄蕃頭はつまらなそうに、話を戻した。

「表向きは地方巧者じゃが、御庭番じゃ。四人、放ちよった」

「――隠密でございまするか。とすれば、彼の者らは検分ではなく、諸国の動きを探るために遣わされたのでございましょうか」

玄蕃頭が、にんまりと笑む。

「小太郎はちっとも面白うないが、話が早い。それだけがお前の取り柄ぞ」

大きな世話だ。面白いからといって立身出世に何の役に立つ。

それにしても、と小弥太は思う。玄蕃頭は常に城から、かなりきわどい沙汰を仕入れて来る。内部に通じている誰と連絡を取っているのだろう。

「殿さま、隠密の話をどなたからお伺いに」

「内証」

しれっと応えてから、玄蕃頭は珍しく溜息を吐いた。

「あの人が激昂する事態になる」

玄蕃頭の言うあの人、とは一人しかおらぬ。

「梅渓院さまが激昂される、とは、何故にでござりましょう」

「愚か者め。能登守の上屋敷は桜田久保町であろう。小太郎、お前はやはり面白くないばかりのたわけじゃ」

そうだった。梅渓院が当たり前のように有馬家上屋敷に腰を据えているため、まったく失念していた。

「度重なる愚問、申し訳ございませぬ。梅渓院さまが激昂されるのも、近隣の諸国大名が戦々兢々とされるのも、如何《いか》な仔細でござりましょう」

「たわけには言いたくないが、教えてやる。御公儀は、大水で流された地の手伝普請をさせるつもりぞ。江戸屋敷に被害の少なかった国を選ぶであろう。となれば大水に呑まれなんだ、ここ三田界隈の大名家が拝命すること必至。故に、手伝普請に耐えうる財政であるか、密かに江戸屋敷に隠した金を国許に送っておらぬか、御庭番に探らせておる訳よ」

稲葉家上屋敷も無傷のままだ。故に稲葉家に、手伝いの命が下るやも知れぬらしい。

「西久保《にしくぼ》土器町《かわらけまち》の稲葉家下屋敷は崩壊した、と聞いておりまする。それでも手伝普請を命じられるのでございましょうか」

「それが御公儀よ。底意地の悪い奴ら揃いだからの。手伝普請を統《す》べるは、左近将監さまの側近中の側近、若狭守《わかさのかみ》どの（勝手方勘定奉行・神尾春央《かんおはるひで》）じゃ。御公儀のなかでも随一の、曲者《くせもの》ぞ」

気付くと濡れ縁に、猫が戻っていた。こちらに背を向け、どっしりと座っている。

「まあ、《市村座》の騒ぎも、ちっとは差響《さしひびき》があるやもしれんがの」

猫を眺めながら、玄蕃頭が呟く。

「何故、あの騒動が」

玄蕃頭が再び「ぽん太や」と声をかけたとたん、猫は庭に飛び下りた。玄蕃頭が口を尖らせる。

「忘れたか。暴れた陸尺の中には、左近将監さまお抱えの陸尺もおった、とお前が沙汰を仕入れて来たではないか。老中らは城内の関心を手伝普請にすり替えて、誤魔化すつもりじゃろ」

大水は老中らにとり、天恵だったのか。それにしても何と強《したた》かな。と、感心しかけた小弥太は我に返った。

「えっ、待て待て」

思わず膝を進める。

「すると、有馬家にも手伝普請の命が下る事態もあり得ましょうぞ」

「ここは大丈夫じゃ」

素っ気なく応えると話に飽きたのか、立ち上がろうとする。

「その仔細は――」

「儂は頭がいいからの」

ますますわからぬ。

「どうせ、お前にはわからぬじゃろう」

「あの、殿さま」

「憂うべきは、姉上の怒りの矛先じゃ。どうせ儂に八つ当たりする気じゃ」

「あの」

「あああ、さっさと久留米に帰りたいのう」

「あの」

「何じゃ、さっきから小うるさい」

「書院から聞こえる、小唄らしきものは」

離れの書院を梅渓院は女中と独占していた。その書院から、ずっと小唄と三味線の音色が聞こえている。

玄蕃頭も濡れ縁越しに、書院を眺めた。

「姉上には客人がおる。湯屋で顔見知りになり、親しくなったとか。此度《こたび》の水害で家を失《うしの》うた故、姉上がしばし側に置くらしい。儂としても、姉上が少しでも他に目を向けてくれるはありがたい」

耳にまつわりつくような、艶《えん》な唄声が流れてくる。

「なかなかに面白い女人ぞ。芸事に秀でておる上に、話が面白い。儂も小唄を習うこととした。小太郎もやれ。芸事の一つでも嗜《たしな》めば、ちっとは面白みのある男になろうぞ」

それどころではないだろう。

計ったかのように、するりと書院の障子が開いた。梅渓院が一人で庭に降り立つ。

「小太郎、そこにおったか。探す手間が省けたぞ」

「お姫さま、もとい梅渓院さま、御用向きにございましょうか」

「桐生と申す陸尺はどうした」

小弥太は絶句した。何故、くそったれの名を知っているのだ。

「大水で酷《むご》い目に遭っておるはず。探しに行ったのかえ。お前は何をしておる。日がな頼奄のくだらぬ話の相手をしているだけか」

「儂が姉上に話した。たいそう豪気で面白い男じゃ、とな。姉上が関心を示しておったところに、此度の大水じゃ。姉上が憂慮するのも、致しかたないのう」

梅渓院が妙に棒読みで繰り返す。

「その通り。わたくしは、たいそう憂慮しておる」

「あいわかった。小太郎、お救い小屋を廻って参れ。どこかにおるはずじゃ。早う行け」

小弥太は低頭しながらも、きっぱりと告げた。

「恐れながら某には職務がござりまする。人探しなら、若党か小者にでも。いえ、それよりも、稲葉家上屋敷へお戻りにはなられないのでしょうか。手伝普請が——」

「そんな話は、とうに聞いておる。小太郎の知ったことではない。それよりも桐生を探し、ここに連れて参る、それがお前の職務ぞ」

梅渓院は軽やかに濡れ縁に上がり、小弥太の前に膝を突く。

「桐生の顔を知っておるのは、お前だけ。必ずや、連れて参れ」

満開の笑みに、小弥太の背に汗が浮く。

「御意。必ずや仰せの通りに致しまする」

声を張り上げると、梅渓院が笑みを消し、澄まし顔に戻った。

「最初からそう申せばよいものを。要領の悪い男じゃ。いいのは顔だけかえ」

言い捨てながら梅渓院は、さっさと書院に戻って行った。気付けば玄蕃頭も、するりと座敷から出て行っている。

さっきの二人の下手な小芝居は何なんだ。己にとって、何ともよからぬ謀《はかりごと》が進んでいるようで、小弥太は拳で畳を殴った。

八

「そこのお若い人、今日も召しあがりませんか」

手代が丁寧な仕草で、桶に詰まった握り飯を桐生の前に置いた。

頼朝と差し向かいで食った握り飯を思い出す。桐生の拵えた不恰好な握り飯を、頼朝は何も言わずに、次々と頬張っていた。

とっさに手代に背を向けた。胃ノ腑がせり上がる。

手代は気の毒そうに桐生を眺め、桶を持って立ち上がった。吐き気を堪えながら、桐生は涙の滲んだ目で四囲を見渡した。

お救い小屋が新大橋西側の辻番所前や武家屋敷裏門通り、両国橋広小路《ひろこうじ》などに建てられたのは葉月八日になってからだ。

日本橋界隈の料理茶屋に炊き出しの代行を命じた御公儀に比べ、自らも大水に遭った町人らは、率先して救いの手を差し伸べた。施行として、本所深川の町人へ食糧の他に塩や薬、浴衣に紙などの資材が続々と送られた。送り主の大店の一つ、三井越後屋《みついえちごや》は百両近くの施行を行った、と噂されている。

今日もこうして、お救い小屋の粥だけでは足りなかろう、と大店の手代らが桶を抱えて町人の間を回っている。

蕎麦屋の娘とともに波に呑まれた後、桐生は気を失っていたらしい。次に気付いた時には、濁流の中にいた。背の高さが幸いし、辛うじて足が地についた。

だが、渦を巻く流れに体が定まらず、何度も沈んだ。どのくらい濁流の中にいたのかわからないが、凍えそうだ。

さっきまで、あんなに蒸していたのに。思った途端、気が触れそうになった。だんだんと体が冷え、死んでしまう気がした。

滅茶苦茶に腕を振り回し、顔を水面に引き上げた。鼻から、口から泥水が溢れ出る。

流されながら、石の壁に激突した。火花が噴き出すような痛みに喘ぐ。また鼻や口に泥水が流れ込んだ。

それでも懸命に、石の壁を探った。桐生の頭ほどの高さがある。手を這わせると、頑丈な柱にぶつかった。もがきながら、よじ登った。柱に抱き付いて流れに耐える。

鐘楼だとわかった時には、同じように這い上がる者が殺到していた。だが、流れに負け、ここでも次々と人が離れて行った。

鐘楼に踏み止《とど》まった男たちと桐生は、女や老人を引き上げようとした。

「柱に摑まれっ。死にたくなけりゃあ、死んでも放すな」

叫びながら、桐生は次々と町人を引き上げた。だが、すぐに虚しい掛け声と気付いた。

ここまで流されて来た者は皆、死んだも同然だった。泥水を呑み続け、腹が大きく膨らみ、顔は紫色に沈み、座ることさえままならない。

そのまま息絶え流されて行く女、引き上げたとたん、大量に水を吐き、こと切れる老婆。

人々を引っ張り上げながら、桐生は霞む目を四囲に向けた。頼朝は、飯炊きの婆さんは、粧香は、甚吉はいないか。

小さな子を抱えたまま、流れてゆく男を見た時は、翔次ではないかと懸命に手を伸ばした。見知らぬ男であっても、安堵なぞできない。

そこからまた、覚えがない。

気付けば、このお救い小屋にいた。膝を抱え、目の前を握り飯や水が行き交うさまを眺めていた。

右手を伸ばし、持ち上げる。右の腕は、肩の高さで固まった。そこから上には、どうしても上がらない。鐘楼に激突した時、加太保禰《かたほね》（鎖骨）とやらが砕けたらしい。

下ろした右手を眺めた。小指と親指の他は、爪がない。人差し指にいたっては、指先が潰れている。蕎麦屋の娘が乗った屋根から滑り落ちそうになった時、爪が飛んで行ったことは覚えている。

隣では荒《すさ》んだ面持の男が、しきりに呟いていた。女房と子供が流されたらしい。

「……土左衛門《どざえもん》だよ。さあさ、これが江戸の名物、土左衛門」

享保《きようほう》九年、深川八幡の勧進相撲で、成瀬川《なるせがわ》土左衛門という名の力士が土俵に上がった。色が青白く、たいそう肥えていた。

その姿から、大水で溺れ死んだ者は土左衛門と呼ばれ、流行言葉《はやりことば》になった。男は節をつけ、唄うように呟いている。

「うるせえっ、気色悪い歌なんざ唄いやがってっ」

苛立った声が、あちこちから上がる。男は呟きを止《や》めない。声が次第に大きくなっていく。節の合間に、男は甲高い声で笑った。

「殺すぞっ。この野郎っ」

長身の若い男が拳を振り上げながら、立ち上がった。

陸尺でもやれば似合いそうだ。すると、頼朝と飯炊きの婆さんと三人で囲んだ膳がまた浮かび、桐生は凄まじい吐き気に襲われた。

「うえっ、汚ねえなっ。おい、吐くなら外で吐けやっ」

若い男に蹴られ、桐生は外に転がり出た。

「ありゃあ、陸尺の桐生だろう」

「最近じゃ落ちぶれてたらしい。《市村座》の騒動で、仲間を裏切ったんだとよ。しかも相方を見殺しにしたとさ」

「そりゃ、罰《ばち》が当たったんだ。それにしても、運のねえ男だねえ」

「人のこと言えるけえ。俺らぁ、みんな運がねえのよ」

男どもの嘲笑を背に、桐生は何も出ない胃ノ腑を抱えて悶《もだ》えた。

「おい、あんた、桐生だろ。土左衛門浚いに手を貸してやんなよ。おっと、右腕がいけねえのか。こうなっちゃ、どうで陸尺には返り咲けねえやな」

背後で男衆が囃し立てる。

「聞こえてんだろ。〝颪の桐生〟も、形無しだなあ、おい」

お救い小屋には、数日も経ていないのに、御公儀から「身を寄せる場所を見つけ、ただちにお救い小屋を出よ」との御触が出た。皆、苛立ちと絶望の置き場がなくなっている。

桐生は無言で壁にもたれた。

「おい、色男ってばよ――」

男どもの声が急に途切れた。やっと静かになった。桐生は空を仰ぎ、目を閉じる。

大水が出た日から、いつ眠っているのかわからない。

闇の中で、目を閉じるのは耐え難かった。流れてゆく粧香の姿を想念するたびに絶叫しては、周りから蹴られ、殴られた。

「桐生」

聞いた覚えがある声だ。だが、誰でもいい。どうでもいい。桐生は瞑目したままでいた。

今しか眠れねえんだよ。放っておいてくれ。

「桐生」

背後で小屋の連中が息を潜めて、窺っている気配がする。

そっと目を開いた。

「生きておったか」

美しいとさえいえる、凜とした立ち姿。瘦軀の若侍が桐生を見下ろしていた。

九

小弥太は、桐生を無言で凝視した。

桐生の目路《めじ》は確かに、小弥太をとらえている。だが、目には何も映っておらぬ。斑《まだら》の無精髭も、ぼうぼうにささくれた月代《さかやき》も、およそ見栄と伊達《だて》を気取っていた陸尺の桐生ではない。

「某がわかるか」

桐生の表情は動かぬ。

「桐生、聞こえるか」

一歩、歩み寄る。同時に鯉口《こいぐち》を切った。

甲高い悲鳴が、あちこちで上がる。桐生は茫と、小弥太を見上げたままだ。鯉口へ目も向けぬ。

「帰ろう」

唐突に出た、己の言葉に驚いた。

今度は勝手に手が出た。小弥太が差し出した右手を、桐生の目が緩慢に追う。

ゆるゆると桐生の右手が伸びた。爪がない。潰れた指もある。その手を小弥太は固く摑んだ。弾みを付けて引き上げた途端、桐生が目を見開き、呻いた。右手を引き抜き、腕をさすりながら呻き続ける。

「腕をどうしたのだ」

商売道具が。とっさに思った。こいつは陸尺なのに。

小弥太は腰をかがめ、桐生の左腕を摑んだ。一気に引き上げる。桐生は絡繰《からくり》人形のように立ち上がった。手も脚も、軸を失ったように、ふらついている。

小弥太に手を引かれて歩き出す桐生を、町人らは口を開けて見送った。桐生はおとなしく従《つ》いて来る。

ふいに小弥太は足を止めた。振り向きざまに、桐生の襟を摑む。

「貴様を憐れんで、許したなぞと思うな。玄蕃頭さまの下命が故だ。某は、決して貴様を許さぬ。いつか殺してやる」

桐生の表情は、まったく変わらぬ。常なら、小弥太を煽り返すところだ。

「——貴様、何もわからぬか」

二人の脇を、炊き出しだろうか、桶を担いだ男衆が駆けて行く。

とたんに桐生が大きく体を折り曲げた。激しく嘔吐《えず》いている。

小弥太は崩壊した町を眺めた。芝三田から、ここまで来てみれば、想念を遥かに超える凄まじさだ。

「かようなざまでは、梅渓院さまの前に出せぬ。おい貴様、気を確かにしろ」

有馬家上屋敷の庭に通しても、桐生の様子は変わらぬ。玄蕃頭に目通りをさせてよいものか、小弥太は逡巡した。

正気に戻るまで、蔵にぶち込もうかと思案していると、猫の鳴き声が聞こえた。ぶらりと玄蕃頭が座敷に入って来た。足許に、猫がじゃれついている。

「ぽん太、ついに儂になつきよったの。――ほう、桐生か」

玄蕃頭はさして驚く風もなく、桐生を眺めている。

「桐生は正気を失《うしの》うておる様子。医者の許に連れて参ったほうがよろしいかと存じます。このままでは、梅渓院さまへお目通りなぞできませぬ」

「これ頼僮、小唄を習うのであれば、そろそろ参れ。お師匠さまに失礼であろう」

折り悪しく書院の障子が開き、梅渓院が顔を出した。とっさに小弥太は、蹲《うずくま》ったままの桐生の前に立ちはだかった。が、遅かった。

「――桐生かえ」

梅渓院はゆっくりと、沓脱《くつぬぎ》の草履に足を通し、庭に降り立った。

「いえ、桐生ではありませぬ。水害に遭《お》うた、この屋敷の小者で」

言い繕う小弥太に目もくれず、まっすぐに庭を横切る。縋る思いで座敷を見上げるも、玄蕃頭は猫を撫でる振りをしていた。

梅渓院が桐生を見下ろした。

「桐生であろう」

梅渓院の声にも、桐生は表情を変えぬ。ただ空を見上げていた。

「貴様、応えよ。無礼であろう」

小弥太が桐生の肩を摑むと同時に、梅渓院が制した。

「桐生のようになった者らを大勢、見てきた」

梅渓院は身を屈め、桐生を見つめた。

「稲葉家の逼迫していた財政は、重なる厄災に追い込まれた。その頃の領民は皆、かような顔をしておった。いえ、家臣も当主も皆が皆、魂を失うた顔をしておった」

桐生の虚ろな目は、空を上下する鳥の群れを追っている。

「本明院さまの懊悩《おうのう》は、凄まじいものであった。領民に負担を増やすは忍びない。なれど、このままでは領地が破綻する。能登守はまだ幼い。わたくしには何もできぬ」

梅渓院は桐生に落としていた目路を上げ、命じた。

「桐生を湯殿へ連れておゆき。それから温かな膳と夜具を」

つと、書院の障子から女が顔を出した。

きれいな女だな、と小弥太は見当違いに感心した。水害で家を失ったと聞き、やつれきった女を思い描いていた。だがすっきりと小袖を纏い、何故か男ものらしき羽織まで身に着けている。

目許の張った女は桐生を認めたとたん、勢いよく駒下駄を突っ掛け、こちらに向かって来た。

女はまず小弥太に、きっちりと辞儀をした。筋の通った姿勢に、武家への礼儀を心得た女と知れた。

次に背後にいる桐生を見遣ると、よく通る声を張り上げた。

「やい桐生、何だい、そのみっともねえざまは。てめえ、それでも陸尺か。いやさ、すっかり落ちぶれちまったそうだね。はっ、すっかりしょっぺえざまになりやがって。てめえ、いつまでも呆《ぼ》けてねえで何とか言ったらどうだいっ」

声に釣られたように、桐生が顔を向けた。女を見上げた桐生の喉が、幽かに震えた。

「しょ、粧香」

いったい何ごとだ。小弥太は惑乱した。

女の巻き舌の啖呵《たんか》は、どう聞いても堅気のものではない。かといって、下品でもないのが面妖だ。

「粧香。——生きてたのか」

粧香と呼ばれた女に、震える手を伸ばす。

「お前も流されたかと。みんな、流されちまった。俺ぁ、一人きりになっちまったと」

桐生の目路が、次第に結ばれてきた。

「粧香、ほんとに」

小弥太は思わず玄蕃頭と梅渓院を見た。二人とも平然と桐生を眺めている。

「うっ」と呻き声が上がった。桐生が胸を押さえている。

粧香が裾をたくし上げ、駒下駄で桐生を蹴り飛ばしたらしい。真っ白な脛から、小弥太はとっさに目を逸らせた。

「女みてえに、めそめそするんでないよ。玄蕃頭さまと梅渓院さまに御無礼だろうが。ったく、ちっと見ねえ間に、すっかり骨抜きになりやがって。この恥さらしが」

裾を丁寧に戻し、懐手で桐生を睨み下ろす。その姿もまた、妙にさまになっている。

粧香は梅渓院に向き直り、優雅に腰を折った。

「梅渓院さま、みっともない姿をお見せしまして、申し訳ござんせん。この男はそこそこ名の売れた陸尺でござんしたが、今はこの通り。見る影もない、体《てい》たらくでござんす。梅渓院さまが御目を掛けるほどの男ではござんせん。どうぞ、御家来衆にお命じになって、大川に放り投げさせておくんなさんし」

ほほ、と梅渓院が目を細めた。怒りの笑みではない。心《しん》から面白そうに眺めている。

「粧香、もう俺から離れねえでくれ、頼む」

振り向きざまに、粧香が桐生の頰を裏手で張った。あまりの音の大きさに、猫が玄蕃頭の腕から飛び出した。

「まあまあ、粧香。少しは加減をせんと、桐生は真の不能になってしまうぞ」

玄蕃頭が暖気そうな声で制した。

「有馬のお殿さま、この男はこうでもしないと、いえ、こうしたってわかっちゃおりません。どうやら、この男はお江戸とともに死んじまったようです」

粧香は襟足を優雅な手付きで直しながら、梅渓院に目を向けた。数瞬、二人が幽かに目交ぜをしたように、小弥太には見えた。

「梅渓院さま、小唄のお稽古を致しましょう。死人なんざ放っておけば、そのうちこの御庭の肥やしくらいにはなりましょう。有馬のお殿さまもご一緒に。ささ」

梅渓院の手を取り、粧香はゆったりと書院に向かった。玄蕃頭が続く。

残された小弥太は、桐生を見下ろした。桐生は悄然《しょうぜん》と、粧香たちが入って行った書院を眺めている。

「――足軽長屋に入ってろ。穀潰しめが」

吐き捨てながら、歩き出す。ふと、粧香と梅渓院が目交ぜをした様子を思い返した。

玄蕃頭と梅渓院は知っていたのではないか。桐生を追い出した女とは粧香だと。そこで、小弥太をお救い小屋に差し向けた。いや、粧香が二人に桐生を探し出すように頼んだのか。

何にせよ、嫌な想念通りになった。

小弥太は足もとの小石を力一杯、池に蹴り飛ばした。

十

桐生は有馬家上屋敷内の足軽長屋に、小者や奉公人とともに住むことになった。

ここでは奉公人を、四十がらみの男が組頭としてまとめていた。最も古参の男だ。どこか頼朝に似た風貌だが、口が軽く愛嬌もある。

誰よりも屋敷内に精通している組頭の呼び名は「万屋《よろずや》」だ。家臣も用があれば「おい万屋、ちょっと来てくれ」と、気易く声を掛ける。

「へえ、あんた陸尺だったんかい。道理で、いい体をしてるよう」

桐生に逢った万屋は、感心した顔を見せた。あれだけ騒ぎになった《市村座》の大乱闘を知らぬらしい。

玄蕃頭がどこか浮世離れをしている故か、家臣も使用人も、俗な話が大好きな江戸雀とは何となく様子が違う。

「あたしはね、実家が江戸にあるんだよ。小さな雪駄屋だけどね、そこは婆さんと嬶《かか》ぁに任せて、ここを取り仕切ってるって訳。小遣い稼ぎってところさね」

実家が商売をしているからか江戸の事情にも通じており、参勤で江戸詰になった有馬家家臣の世話も抜かりない。家臣らに、里への土産をあれこれ吟味したり、安い割には美味いと評判の居酒屋を案内もしていた。

桐生は足軽長屋に入っても、眠れなかったり、微睡んでいるうちに空が明るんできたりを繰り返した。

粧香が生きていたことに束の間、安堵したものの、甚吉たちや翔次の行方はわからない。何よりも、利かぬ右腕のことを考えてしまう。

このまま陸尺に戻れなかったら。いや、この腕はいずれきっと治る。いや、今さら医者に診せたところでどうなる。金もない。これからの活計《たつき》はどうなるのだろう。

だが、どう思い返しても、身一つで放り込まれたお救い小屋で金創（外科医）に診て貰える訳がなかった。骨が折れたら添え木を当てるくらいは、桐生にもわかる。陸尺仕事でしくじり、手首や指を折った者を何度か目にした。

だが、加太保禰が砕けてしまっては、添え木なぞ当てられないだろう。何より、お救い小屋にいた時、己が何をしていたか、いっかな思い出せない。

ただ茫と、空疎な景色を、そこにあるはずのない景色を眺めていた気がする。夢の中で、幾度も黒い波に襲われ続けていた気がする。

桐生は頭を振った。あの時を思い返すだけで、激しく頭が痛み、目が霞んでくる。

「どのみち、もう手遅れなんだよ」

暗く塞ぐ胸の内から目を背け、桐生は奉公人に交じり、慣れぬ掃除や使いをした。万屋は根っからの世話好きらしく、桐生の様子をあれこれと見てくれる。瞬く間に、ひと月が過ぎた。

その日も雑魚寝で目覚めた桐生は、眠っている奉公人らを起こさぬよう、そっと夜具から抜け出た。井戸に向かうと、門の前に玄蕃頭の駕籠が据えられていた。今日は登城《とじよう》の日らしい。何だかひどく懐かしい心持で、駕籠を見つめた。

従四位少将の玄蕃頭は打揚《うちあげ》か腰網代《こしあじろ》の駕籠を許されている。打揚の駕籠は引戸の代わりに簾が掛かった駕籠で、腰網代は檜の薄板を編んだ網代を貼った駕籠だ。

将軍家と紀州徳川家は溜塗惣《ためぬりそう》網代と呼ばれる、すべてが網代造りの小豆《あずき》色の乗物だ。

「おい龍太。駕籠にも格ってもんがあらあ。簾より引戸の駕籠は権門《けんもん》駕籠つってな、格上だ。そこらへんも、よっく覚えておかねえと、後々が面倒だぜ。大名ってえのはよ、どいつもこいつも見栄っぱり揃いだからよ」

「お大名になっても、見栄にこだわるのかあ。おっかしいや」

陸尺になりたてだった頃の龍太は、駕籠に関する桐生の講釈に、目を輝かせて聞き入っていた。

「公方さまの駕籠を担ぐ連中ともなりゃあ、黒羽織に脇差だ。帯刀を許されてるってんだから、てえしたもんだろ」

龍太がこくこく、と何度も頷く。

「公方さまの警固も務めてる、ってことだね。さすがだねえ、格好いいや」

けたけたと笑う龍太の顔が浮かぶ。桐生は駕籠に伸ばした手を引っ込め、背を向けた。

「桐生、今日も早いねえ。そうか、今日から水売りだったね」

のんびりと、万屋が歩いて来た。手には漱《すすぎ》と手拭を持っている。大名屋敷の使用人故か、誰もが案外と身ぎれいだ。

「おおう、水が冷たくなって来たねえ。秋の虫も、今がたけなわだものねえ。ちんちろりんのちんとんしゃん、ってね。それも終われば、あたしの嫌いな冬だよう」

漱を使いながら、器用によく喋る。

中庭からは鋭い掛け声が重なる。家臣が朝の鍛錬に勤《いそ》しんでいる。警固の引き継ぎをする声も混じり、朝の大名屋敷は賑やかだ。

渡り廊下を足早に横切る人影が見えた。小弥太が束ねた書を抱え、御玄関に向かっている。桐生には目もくれない。

桐生の目路を追った万屋が「やあ、小弥太さまだ。すっかり凛々しくなられて」と、しみじみと呟いた。

「小弥太さまが初めて玄蕃頭さまの近習として江戸に下った年にも、あたしはここにいてねえ。まだ前髪が似合いそうな、初々しい可愛いお顔をなさってたもんだ」

慮外なことに、万屋が相好を崩す。小弥太なんかの話に、楽しそうな顔をする奴もいるのか。と、万屋が桐生を横目で見遣った。

「あんたと小弥太さまは、とんでもなく剣呑《けんのん》なんだってね。でもねえ、小弥太さまは真面目が過ぎるだけなの。真面目に目と鼻と口が付いていると思えば、気にもならんでしょ」

思わず桐生は吐き捨てた。

「けっ、真面目な奴が往来で人を踏み付けにするかよ」

「そりゃあ、あんたがそこまで怒らせたんでしょうが。あの御方は、真面目と忠義心でできているのさ。日が昇る前から毎日、勉学に励んでおられるそうな。健気だよう」

何が健気なものか。朝の鍛錬もせず、本ばかり読んでいるから、ひょろ長い背丈で、おまけに女みたいな顔になるのだ。

そこで我に返り、慌てて顔を洗った。

「いけねえ、水売りの仕事にあぶれちまう」

かつて深川や本所界隈は、本所上水から引いた水を使っていたが、掘抜《ほりぬき》井戸により、質のよい水が涸れることなく溢れた。二十年前の享保七年には玉川《たまがわ》と神田上水の他はすべて廃止にされたほど、海に近い町にも井戸が広まっていた。

だが、大水で井戸はことごとく流された。

そこで水屋が重宝されるようになった。大手御門の前にある銭瓶橋《ぜにがめばし》に、玉川上水の余った水を放出する場所がある。

ここで番小屋の監視のもと、御公儀から許可を得た水船が水を受け、水屋が永代橋を越えて売り歩く。

この商売に、桐生は何とか紛れ込んだ。顔の利く万屋が「陸尺なら、運ぶのはお手のもんだろ」と、話を付けてくれたのだ。どころか、天秤を番小屋に仕度してあるという。

水を売り歩きながら、甚吉や翔次の手掛かりを摑めないかと思う。寺社には、はぐれた身内を探す人相書がびっしりと貼られている。粧香は生きていた。甚吉や翔次だって、無事やも知れないと、淡い期待が湧いている。

駕籠を揺らさずに運べる陸尺なら、誰よりも早く水を売り切れるはずだ。皆を探す刻はあるだろう。だが、こんな右腕で本当に仕事になるだろうか。

考えても詮無い。桐生は盛大に水しぶきを上げながら、顔を洗った。

十一

「桐生」

水売りにあぶれまいと表門を飛び出すと同時に、声が掛かった。振り向くと、玄蕃頭の姉君という梅渓院が佇《たたず》んでいた。

「水売りの勤めを得たと聞いた」

梅渓院の頭は、桐生の胸ほどの高さしかない。首を大きく反らし、桐生を見上げる。

そういや、礼も言ってなかったな。桐生は慌てて身を折った。

「えと、玄蕃頭さまと梅渓院さまのはからいで、この屋敷に置いていただけることになりやして、ほんに」

「礼なぞいらぬ」

梅渓院は桐生を遮って問うた。

「お前は上大座配なる、立派な陸尺と聞いた」

「滅相もござんせん。昔の話でさ」

「陸尺とは、如何な鍛錬を積むものか」

何故、陸尺なぞに関心を持つのかわからぬまま、桐生は応える。

「紐で吊るした板に水を注いだ茶碗を乗っけて、棒手振みてえに運ぶんでさ。水を一滴もこぼさねえで歩ったり、早足で進めるようになるまで、ずっと繰り返すんでさ」

「桐生のように見事な背丈になるには、どうしたらいい」

表情らしい表情も見せぬくせに、尚も問う。

「何でも食えばいいんじゃねえですかい。俺ぁ、親を亡くしちまってから、大工の棟梁に育てて貰ったんでさ。そんなにてえしたもんは食っておりやせんが、このとおり背丈だけはぐんぐん伸びやした。江戸っ子は口が奢ってる、なんて言う奴もおりやすが、そんなのは身代のいいお店や、小金を貯め込んだ家に限ってですから」

梅渓院が目を伏せた。

「父御と母御が。そうか」

空の高くを風が巻いている。雲がしなる。梅渓院は、雲を追いながら呟いた。

「なれど、桐生はよい」

「よい、って何がですかい」

「体一つで、どこへでも飛んで行ける」

梅渓院の表情が、しんと沈んだ気がして、桐生は混ぜっ返した。

「まさか御嫡男さまに、陸尺になって欲しかったんですかい」

桐生を叱りもせず、梅渓院はこくん、と頷いた。

「いっそ、よほどよいであろう。能登守もわたくしも、我が身の置きどころを選べぬ。これから先も、一生」

足軽長屋の連中の噂を何となく聞いているうちに、稲葉家はかなりの貧乏大名《ひってん》だと知った。それなのに、手伝普請を御公儀から命じられるらしいとも。

「引き留めて悪かった。勤めにお行き」

梅渓院は言い終えぬうちに背を向けた。桐生は我知らず、その背に声を掛けた。

「いつか、必ず梅渓院さまの駕籠を担ぎやす。いやさ」

考える間もなく、勝手に口が動いた。

「能登守さまの駕籠を、俺が盛大に担ぎやす。きっと能登守さまをお喜びさせやしょう。江戸で一番《いっち》、派手に豪勢に担いで見せやす」

梅渓院が背を向けたまま、小さく頷いたように見えた。

桐生は水屋が集まる番小屋に駆けた。

「お前、かようなざまで、できるのか」

右腕を庇いながら天秤を持ち上げようとする桐生を、番小屋の役人がすかさず咎《とが》めた。

本来、水売りといえば江戸の夏の名物だ。冷えた水を二つの手桶に湛え、天秤で担ぐ。前の手桶には寒晒《かんざら》しの白玉を入れた小さな屋台を載せ、滝水や冷水と書かれた扇子の形の看板を付ける。白玉を入れた甘い砂糖水は、江戸っ子の好物だ。

だが今は、町人の命の水だ。白玉も看板もない。その分、天秤は担ぎやすいが、桐生が右肩に担ぎ上げたとたんに大きく傾いだ。

上がらぬ右腕に、懸命に力をこめる。震える右手で、何とか天秤棒を摑んだ。

「それでは町に着く前に、水がすべてこぼれるではないか」

役人が苛立ったように、吐き捨てる。

「旦那、心配御無用でさ。俺ぁ、上大座配として諸国大名の駕籠を担いできやしたんで」

役人はもう、次の水売りを検めている。威勢よく天秤を担いだ水売りが、次々と桐生を追い抜いてゆく。誰もが一滴の水もこぼすことなく、器用に去ってゆく。

「さっさと行けっ」

役人の怒声に睨み返すが、早くも右腕が痛んできた。よろめきそうになるのを堪え、桐生も町に向かった。

痺れ始めた右腕を少し休ませようと、力を抜いたとたん、前の手桶が傾き、水が派手にこぼれた。前の手桶が空になったとたん、後ろの手桶が大きく下がり、また水がこぼれた。

「あああ、もったいねえ。何やってんだよ」

桐生の姿を認め、水を買いに出て来た丁稚らが舌打ちをする。十を過ぎたばかりと思《おぼ》しき子供らだ。

「しょうがねえ。他の水売りを探そうぜ」

舌打ちを繰り返しながら、丁稚が桐生の脇をすり抜けてゆく。

桐生は手桶が空になった天秤を、左の肩に乗せてみた。右肩よりは楽だが、慣れぬ姿勢のせいか、やはりふらつきそうだ。空っぽの手桶でこれでは、水を湛えた手桶ではどうなるか。

出て来たばかりの番小屋に手ぶらで戻ったところで、叱責を食らい、追い出されるだけだ。桐生は万屋が手配した天秤を地面に叩きつけ、道端に座り込んだ。

「ちくしょう」

呟いたとたん、肚《はら》の底から怒りが迸《ほとばし》った。

「ちっくしょう、ちくしょうめ」

どこで何を誤ったというのだ。売れっ子の陸尺として江戸を毎日、闊歩していた。それだけだ。己が何をした。

貧乏な連中を小銭で運ぶそこいらの駕籠舁と、大名を担ぐ陸尺では格が違う。己はその花形役者だ。それは今も変わらないはずだ。だのに己ばかりを嘲笑う、この世の連中すべてが憎い。

「桐生の兄さんっ」

弾んだ声に顔を上げた。いつの間にか、甚吉と弟子たちに囲まれていた。三平が嬉しそうに笑っている。

「よかったあ。無事だったんだね。桐生の兄さんなら、きっと大丈夫とは思ってたけどさ。でもずいぶんとみんな心配してたんだよ。おいらたち、大水が出た時に八王子《はちおうじ》のお寺さんの修繕に行ってたんだ。大雨に閉じ込められちまってさ。ようよう江戸に戻って来たら、このざまでぇ」

小さな弟子たちも口々にまくし立てる。

「今度は江戸中の修繕で大忙しなんだよ」

きらきらと笑う弟子たちの背後で、甚吉がじっと桐生を見つめている。

生きて逢えた、という心持はまったくわかなかった。こんな無様な姿を甚吉たちに見られた、という苦い思いだけがいや増した。

大水のおかげで、こいつらはまたとない稼ぎをしている。あちこちで普請や修繕が始まり、毎日にぎやかに木材を運ぶ掛け声や、釘を打つ音が絶えない。こいつらは我が世の春が来た、と浮かれているのだ。

「桐生の兄さんは水屋に鞍替えかい。陸尺なら、運ぶのはおはこだもんね」

三平が感心したように眉を上げる。

「水がなきゃ、おまんまが食えねえもの。さすが、いい仕事を見つけたよ」

一番、背の低い弟子も嬉しそうに手を叩く。

「うるせえな」

皆を順繰りに睨み上げた。

「どうせ俺の右腕は使いものにならねえよ。てめえら、厭味を言ってやがるのか。さっさと消えろ、莫迦野郎どもが」

「桐生の兄さん」

甚吉が制する手を払い、三平が一歩出る。

「あんた、思い違いをしてるぜ」

いつもはあっけらかんとした笑顔を見せる、三平の目が吊り上がっている。

「先に、仕事にあぶれた兄さんに、うちの棟梁が声を掛けた時もだよ。あんたの顔にすっかり出てたぜ。〝大工仕事、しかも下っ端なんざ、真平御免だ〟ってな。あんた、自分が江戸の天下を取ったとでも思ってたのかい。大工を見下しきってたもんな」

「ごちゃごちゃとうるせえな。消えろ、つってんだ」

「右腕がもげた訳じゃあるめえし。片腕や片足になった奴は仰山いるんだよ。それだけじゃねえ。

親を失った奴も、子を流された奴もいる。甘ったれてんじゃねえよ」

「てめえ、いい加減にしろよっ」

立ち上がって三平を睨み下ろすが、まったく怯まない。子供の弟子まで、皆が桐生を睨み上げている。

「――莫迦莫迦しい」

桐生は天秤を左手で摑み上げると、踵を返した。

「万屋に世話になっているらしいな」

その背に甚吉が声を掛けた。

「あんたにゃ関係ねえよ」

吐き捨てたが、甚吉に聞こえたかはわからない。どうでもいい。すべてがもう、どうでもよかった。

三章

一

神無月《かんなづき》六日（十一月六日）、松平左近将監、松平伊豆守、本多中務大輔《なかつかさたいふ》の三老中により、手伝普請を命ぜられた大名は十家《といえ》に上った。拝領高は併せて百九十万石。

惣奉行として指揮を執る勝手方勘定奉行・神尾若狭守は、関八州の御立野《おたての》（幕府直轄領）を統治する関東《かんとう》郡代・伊奈半左衛門《いなはんざえもん》にも、復興のための統治を命じた。

「若狭守さまってのは怖ろしく冷血で、無慈悲な御方らしい」

小弥太は有馬家上屋敷のそこかしこで、家臣や使用人らがひそひそと話す噂を聞いた。

常なら、浮世の噂に惑わされる有馬家上屋敷ではない。だが、稲葉家が手伝普請の御下命を受けてからは、やたらと皆が耳ざとい。

手伝普請の噂が持ち上がると、留守居や江戸詰の大名が自ら、普請を免じてもらうために勘定奉行や老中の側近に賄賂《まいない》をばら撒いた。

だが、若狭守にだけは、誰も接近しなかった。若狭守が清廉潔白だから、ではない。

「あの御方には、どんな手を使っても無駄だ」

「〝胡麻の油と百姓は、絞れば絞るほど出るものなり〟なぞと、ほざきよったのが、若狭守よ。此度は百姓ではなく、我ら外様《とざま》大名から絞るつもりぞ」

堅固で非情、利のために相手を徹底して追い詰める。若狭守は、最も恐れられる存在だ。

だが荒れ果てた地を前に、どこの御家も手伝普請が捗々《はかばか》しくないまま、師走に入ろうとしている。

非番の若党らが、ぶらぶらと門を潜って来た。渡り廊下の角にいる小弥太に気付かぬらしく、賑やかに噂話を続けていた。

「稲葉家の手伝普請は、武蔵国《むさしのくに》の荒川か。聞けば左岸の二十一里。水が上がった川沿いの大半だとな。寒風が吹き下ろすもとでは、苦労も多かろう」

「左様。村から出人足を募って普請に励んでおるそうだが、見知らぬ土地で百姓を使うのは、難儀であろうなあ」

小弥太は柱の陰で耳をすませた。

「元小屋（仮の陣屋）で寝起きする家臣団も辛かろう。なれど、使用人や小者が寝起きする散小屋は、もっと酷《むご》いらしいぞ。お主、てんとくじを知っておるか」

若党の二人は、温《ぬく》い陽だまりを惜しむように、渡り廊下の手前で足を止めた。

「無論。江戸では俄《にわ》かのてんとくじ職人が儲かっておる。しかし、紙の袋に藁を詰め込んだ夜具なぞで寝るのは、某《それがし》は御免蒙る。幾重に重ねても、暖を取れるはずがない」

芝の天徳寺《てんとくじ》開祖、称念上人が苦行に用いたてんとくじは、貧民や寒村の百姓に広まっていた。手伝普請でも、多くの人足が使っている。

荒川を知らぬ小弥太は、荒んだ河原を思い描こうにも、上手くいかぬ。

「手伝普請のありさまは、それはもう酷いものらしい。朝は鶏が鳴く前から仕事が始まる。なれど、顔を洗おうにも桶の水にはぶ厚い氷。普請場の重臣には昼餉《ひるげ》も出るが、出人足には、朝晩に雀の涙ほどだと。出人足は叺《かます》（藁袋）を巻き付けて寒さをしのぎながら働くそうな。我らに普請の命が下らずに済んでよかったな」

若党の声には同情とも憐れみともつかぬ溜息が混じっている。極寒の現場の話で体が冷えてしまったかのように、背を丸めながら歩いて行った。

我に返り、小弥太は早足で座敷に向かった。玄蕃頭の使いで、算学の書を購めに行った帰りだ。

背後から「小太郎、ついに厄災じゃ」と声がした。振り向くと、玄蕃頭が一人で突っ立っている。

「四阿《あずまや》で、しばし心を落ち着けておった。これから姉上と怖ろしい詮議が始まるでな」

首を傾《かし》げる小弥太に構うことなく、玄蕃頭は続けた。

「稲葉家が差配する荒川の手伝普請の現場で、出人足らが謀反を起こした。まさか、いの一番で稲葉家の現場が騒擾《そうじょう》を起こすとはの」

「なっ」

四阿で落ち着いている場合ではなかろう。

「ああ、姉上の許に参りたくないのう」

ぼやきながら玄蕃頭は、最奥の座敷に向かった。

同時に座敷の障子を突き破り、湯呑に茶卓、脇息《きようそく》が次々と飛び出して来た。庭掃除をしていた小男が仰《の》け反《ぞ》る。

「始まりよったの」

小弥太はとっさに駆け出し、玄蕃頭を追い抜いた。障子に手を伸ばすと同時に、目の前に硯が飛び出した。既《すんで》のところで身を躱す。まともに額に食らったら死んでいる。

「ぐっ」

慌てて振り向くと、玄蕃頭の胸に強《したた》かに当たった硯が落ちた。羽織にも袴《はかま》にも、墨が見事に散った。

「と、殿さまっ。申し訳ございませぬ」

「小太郎、気を付けよ。二発目が来るぞ」

「ば、梅渓院さまっ。殿さまが外におられまするっ。お気を確かにっ」

書を放り出し、左右に大きく障子を割ると、梅渓院が壺を投げ付けるところだった。

「頼僮っ、遅い」

満面の笑みで壺を振り被る。

「梅渓院さま、お鎮まりをっ」

駆け上がった小弥太は、梅渓院から壺を奪い取った。

「左様です。梅渓院さま。さ、お座り下され」

善之助《ぜんのすけ》も懸命に宥《なだ》める。鬢《びん》に白髪が目立つこの家老は、梅渓院と玄蕃頭が幼い頃から仕えている古参だ。

上座に腰を据えた玄蕃頭の真正面に、梅渓院が座った。背後に善之助と小弥太が控える。

「姉上、先《せん》にも申したが、手伝普請は長州《ちようしゆう》の毛利《もうり》家、岩国《いわくに》の吉川《きつかわ》家、備前《びぜん》の池田《いけだ》家、肥後《ひご》の細川《ほそかわ》家らも老中連名の奉書を受けたのじゃ。稲葉家だけではないぞ」

「ふん、稲葉家よりも、よほどの大大名ばかり」

梅渓院が不貞腐れる。

「何の。讃岐《さぬき》の京極《きようごく》家も命じられた。あそこもなかなかの貧乏家じゃ。姉上、安心せい」

誰も笑わぬ。

「聞いた話では、毛利家は領内の河川を修築したことが、隠密の知るところとなった。密かに財を貯め領内を改修した故に、普請を命じられたのじゃ。隠密とは真に怖ろしいものよ。それに比べれば稲葉家は誠に清廉。まあ、隠す財もないがの」

梅渓院は庭を眺めて不知顔《しらんかお》だ。玄蕃頭は、わざとらしく咳《しわぶき》をして続けた。

「西国の大名に命が集まっておるのは、江戸の屋敷が無事だったことに加え、享保十七年の返礼を、暗に求めておるのじゃ。さらにはこれを機に、西の諸国を押さえに掛かるつもりであろう」

十年前の享保十七年、和泉灘、播磨《はりま》灘、備後《びんご》灘、水島《みずしま》灘、安芸《あき》灘、燧《ひうち》灘など瀬戸内海一帯に発生した蝗《いなご》の大群は西へ拡大し、稲穂が全滅。餓死した者は一万数千人におよび、御公儀から穀類や金銭の援助を受けた。

けっ、と梅渓院が吐き捨てた。

「幾度の厄災に遭うても、臼杵領は碌な幇助《ほうじよ》を与えられなんだ。返礼をする義などない」

「じゃが、騒擾を起こすは別の話ぞ」

玄蕃頭は卓上に手を伸ばし、湯呑が消えていると気付いたらしい。がっかりしたように手を戻す。

手伝普請を命じられた大名家に、まず御公儀は各地の御立野を引き渡す。そこの木々や萱《かや》、葦《あし》を用いて普請を行うためだ。諸大名は普請人足の報酬や木々の伐採、運搬賃を負担する。資材こそ御立野から出すとはいえ、諸費用は大名の自腹だ。御公儀の懐は、ほとんど痛まぬ。

「人足連中が騒擾を起こしたのは、ちとまずいのう。救恤《きゅうじゅつ》の策が、とんだ仇になってしもうた訳じゃ。まあ、普請役が洒落《しゃれ》のわからぬ無粋者揃いなのも運が悪いの。てれすこだ、すてれんきょうだ、と煙に巻いてしまえばよかったのじゃ。これは嘘八百の魚の名前を並べた魚屋の落し噺での。嘘を咎《とが》められて御白州の土壇に引かれた魚屋が、火物《ひもの》断ちをして放免を願っていた女房に〝烏賊《いか》を干したのをするめと言うな〟と洒落のめして放免になったのじゃ。火物、つまり干物断ちをしたのだから、あたりめの噺」

訳のわからぬ長ったらしい自分の冗談に笑ったのは、玄蕃頭だけだ。

惣奉行の元小屋を置いた小八林《こやつばやし》村で、騒動は起きた。ここで稲葉家が雇った、相上《あいあげ》村と甲山《かぶとやま》村の出人足が堤の普請を続けていた。

霜月晦日《しもつきみそか》、この日も山から吹き下ろす寒風に巻かれた中での普請だった。出人足は百人を超えたが、一部の出人足が寒さを言い訳に仕事の手を抜いた。

どこの現場にも、御公儀の普請役が監視に入る。普請役は出人足の怠慢に対し、一日八十文の賃銭を値切った。他の出人足らへの見せしめの意味もあった。

だが、賃銭を減らされた出人足も、村の宰領も納得せぬ。

日々の過酷な現場への不満が募っていた出人足が、続々と集まり始めた。夜には三百人を超える出人足が元小屋を取り囲み、箱提灯を壊し、元小屋へ投石を繰り返し、小屋を破壊しようとした。

惣奉行と普請役は急遽、宰領と話し合った。今回だけは、と一人前の賃銭を与え、何とか騒ぎを鎮めた。普請役は御公儀へさっそく、事と次第を伝えた。普請の現場で初の騒擾に、もっとも激昂したのが、かの悪名高き若狭守だ。若狭守は左近将監に、厳しい処分を進言したらしい。

「稲葉家は出人足の掌握不行届により、減封は免れぬ。改易もあり得るやも」

玄蕃頭を遮り、梅渓院が不気味な笑顔で詰め寄った。

「だから、それをどう覆せばよいか、と頼僮に問うておるのだ」

「公方さまの厳命のもと、若狭守どのが取り組んだ新田開発も沼池干拓も、大水によって無に帰《き》した。若狭守どのの焦る心持はわかるが、まるきり八つ当たりじゃの」

玄蕃頭にしては珍しく、梅渓院の詰問を、はぐらかしている。明晰な玄蕃頭にも、さしたる名案がないのだろう。当たり前だ。御公儀に歯向かう名案なぞある訳がない。

座敷に黒い気配が垂れ込める。突如、梅渓院が命じた。

「粧香を呼んで参れ」

「えっ」

小弥太の声が思わず裏返った。

「早《はよ》うせい。粧香を呼べ」

小弥太は困惑しながら玄蕃頭を見るが、玄蕃頭はさっと目を伏せた。

仕方なく、廊下に控える女中に合図を送る。ほどなくして軽やかな足音とともに、粧香が書院から庭を渡って来た。庭に散じる湯呑や硯を見ても、表情をまったく変えぬ。

畳にきれいに指をつき、玄蕃頭に辞儀をすると、艶然と微笑んだ。梅渓院から、あらましは聞いているらしい。

「粧香、御公儀はほんに狭量じゃ。ここぞとばかりに稲葉家を懲らしめるつもりぞ」

粧香は涼やかに応えた。

「梅渓院さま、御公儀なんざ、野暮天の集まりでござんすよ。私《わ》っちら芸者の間じゃ、御公儀の重臣ほど嫌われておりましてね。賄賂やら袖の下やら、金に困っているはずもないくせに、どいつもこいつも吝《しわ》んぼう。そのくせ、しつこいってんだから笑止でござんす」

「頼僮、かような者どもを相手に、どうするのじゃ」

さらなる梅渓院の追及に、玄蕃頭は唐突に立ち上がった。

「おや、ぽん太の鳴き声がするの。腹を減らしておるのかのう」

小芝居がかった仕草で、庭へ出て行く。梅渓院の溜息が聞こえ、小弥太は焦燥を募らせた。

己にできることはないか。梅渓院を、怒りの笑みでなく心の底から笑わせる、何かが。

だが江戸城内一、と称される非情な若狭守を向こうに回せる訳がない。やはりここは、素直に咎を受けるべきではないか。そのうえで、御公儀に手加減を願う算段を立てるのは、どうだろう。とにかく有馬家と稲葉家の名を守らねば。もつれにもつれる小弥太の思惑を、粧香の涼しい声が断ち切った。

「梅渓院さま、ちょいと私っちにお任せいただけませんか」

粧香は何ほどでもないような口調で続けた。

「何、深川芸者にできることなんざ、知れておりますがね。決して梅渓院さまに悪いようには致しませんから」

小弥太は粧香を睨みつけた。この莫連女は、芸妓であったか。たかだか芸妓が、何を偉そうに。目が合うと、粧香がまた艶然と笑んだ。小弥太の胸中をさらりと読んだかのように。

再び嫌な想念がわく。玄蕃頭ではどうにもならぬ、とわかった時のために梅渓院は、粧香を切札に用意していたのではないか。

二

使用人が出払った足軽長屋で、桐生は手足を伸ばして引っくり返っていた。

水売りは一日で辞めた。すっかり働く気は失せた。翔次を探す気も失せた。甚吉と逢った時のように、右腕の利かない惨めな姿を見られると思っただけで吐き気がする。

大名家は皆、手伝普請のとばっちりを恐れ、華美な行列を控えている。江戸抱《えどかかえ》の陸尺《ろくしゃく》連中は、さぞや窮しているだろう。《市村座》の騒動から、一度も逢いに来なかった翔次も困っているに違いない。溜飲が下がる思いに、桐生は一人でにやついた。

「ざまあ見ろ、ってんだ」

有馬家に身を寄せている己は、却って運がよかった。

「それにしても暇だな」

誰もいない長屋で過ごす一日は長い。暇なら御屋敷の仕事を手伝えばいいのだろうが、己は玄蕃頭と梅渓院の客だ。使用人はおろか、家臣さえも桐生に文句は言えまい。

「酒でも呑むか」

午《ひる》を過ぎ、もう油障子は翳りを帯びている。酒に早過ぎる刻《こく》でもない。ちょくちょく顔を出すようになった居酒屋には、ちょっとかわいい前垂の娘がいる。そろそろ口説いてやってもいい。

よし、とばかりに表門に向かう。使用人らは裏の木戸を使うように命じられているが、桐生は表門から堂々と出入りをしていた。

門を出る刹那、人とぶつかりそうになった。

「おっとと」

よけながら顔を見ると、小弥太が睨みつけている。

「何でえ、小太郎、もとい小弥太さまか。あんたもどっかの娘に、ちょっかいでも掛けて来たのかよ」

軽口を叩きながら素通りをしようとすると、襟首を摑まれた。

「貴様、勤めはどうした」

「どうもこうも、右腕がこれじゃ、仕事になんねえよ。ま、しばらくは体を休めるわ。玄蕃頭さまも、ゆるりと過ごせ、って仰ってたしよ。文句ねえだろが」

いきなり小弥太の拳が鳩尾にめり込んだ。息が詰まる。

「てめえ――」

続けて頰に拳を食らった。火花が散る。

「貴様、足軽長屋で客人気取りか」

小弥太が睨み殺さんばかりに目を据える。

「此度の大水でとてつもない数の者が死んだ。二万近い者が死んだとも聞く。貴様がその中に入っておらぬことが、某は口惜しい。貴様のような能無しで厚顔な愚か者が何故、生きておる。貴様が生きていることに何の意味がある」

食い縛った歯の間から、小弥太の怨嗟《えんさ》は続く。

「言ってみろ。貴様が生きておることを、喜ぶ者がどこにいる。貴様は何の役に立ち、何のために生きておる」

小弥太が冷笑を浮かべながら囁いた。

「この際だ。いっそ死んだらどうだ。貴様が生きておる意味はなかろう。死ぬならば、手を貸してやってもよい」

続けようとした小弥太の口を目掛け、桐生も拳を叩き込んだ。小弥太の口から、赤い飛沫《しぶき》が散った。

手で拭いながら、小弥太がまた笑んだ。眼光が青白い。小弥太の目路《めじ》を遮るように、桐生は胸ぐらを摑んだ。

「てめえに言われる筋合はねえよっ。俺ぁ、お侍じゃねえんだ。てめえらみてえに何かっつうと腹を切る無粋者じゃねえ。小賢しい面で自慢げに勘定なんざ口にする、てめえに何がわかる。命ってのはなあ、一つ二つと数えるもんじゃねえんだよっ」

小弥太が桐生の脚をいきなり払った。よろける桐生を突き飛ばし、馬乗りになる。凄まじい勢いで顔中に拳を打ち込まれた。

「何しやがるっ。どけっ」

小弥太の拳を摑み、手首を捻り折ろうと力を籠める。思わず呻く小弥太を左に蹴り飛ばし、馬乗りに乗り返した。だが右の拳を振り上げたとたん、激痛に呻いた。ちくしょう。喧嘩ももう、まともにできねえのかよ。

「そこまで、そこまでっ」

泡を喰った若党と小者連中が駆け寄って来る。

「き、桐生っ。お前さん、何を血迷ってるんだよう。自分が何をしているか、わかってるのかよう」

万屋が真っ青な顔で割って入った。

「そこな小者、お前、何を――」

負けじと真っ青な顔の家老、善之助も駆けて来た。若党が二人を門の中へ引きずり込む。

「他人目のある通りで、家臣と小者が、取っ組み合いなぞ。御公儀のどなたかにでも見られたら、如何致すのじゃ」

小弥太は無言で袴を叩《はた》き、頭を下げた。

「某としたことが、御無礼を仕りました」

善之助は厳しい目を桐生にも向けた。

「お前、桐生と申したな。殿さま御自ら、この屋敷に入るを許されたのが、何たるざまじゃ。事と次第によっては」

「賑やかだの」

御玄関からひょい、と玄蕃頭が顔を出した。

玄蕃頭は、野次馬見物の若党や小者を手の一振りで払った。

「善之助、お主も下がってよい。大仰な話にするでない。ただでさえ、手伝普請が進捗せず、御公儀は苛立っておる。かような騒ぎが耳に入れば、当家も八つ当たりを食らうぞ」

「玄蕃頭さま、なれど、これでは他の使用人にしめしが――」

「姉上が探しておったぞ」

その一言で、善之助は観念したように瞑目し、御玄関に引っ込んだ。

「して、其の方ら。喧嘩の仔細は何じゃ」

玄蕃頭の顔には、怒りも惑乱もない。

「俺が先に手も口も出しやした。謹んで咎を受けまさあ」

桐生の言葉に、小弥太がぎょっと顔を上げた。

「小太郎、もとい小弥太さまが、俺の勤めについて進言をされたんでさ。それだってえのに、俺が口ごたえをした、そういう話でさ」

桐生は深く腰を折った。

「玄蕃頭さま、お許し下さい。お詫びと言っちゃあ口幅ってえ限りですが、そろそろ俺はここを出やす。長らくお世話になりやした。梅渓院さまに礼をお伝え下さい。桐生はこのご恩を墓場まで持って行きやす、と」

「ふむ。寂しいの」

玄蕃頭はあっさりと頷いた。桐生はちょっと慮外な気もしたが、金輪際、小太郎の顔なぞ見たくもない。だから、最後の置き土産として、喧嘩の罪を引っ被ってやったのだ。これでほんとに終いだ。清々するぜ。

けどよ。桐生は二人に背を向け、小さく嘆息した。

口惜しいが、くそったれの小太郎の言うことは、もっともさ。俺は何の役に立ち、何のために生きてるか、わからなくなっちまった。生きていることに意味があるのか、も。

三

格好をつけて有馬家上屋敷を出たものの、あてはない。そういえば、粧香に何も言わず出てきた、と気付いた。だが、粧香も翔次も、もうどうでもいい。あいつらだって同じだろう。だから粧香は桐生を黙殺したままだし、翔次も桐生の前に現れない。

なけなしの金で、酒を呑んでは廃屋やお救い小屋の残骸で寝泊まりをした。家が崩壊した町人のなかには、同じように彷徨《さまよ》っている者も多く、転々とねぐらを変える桐生は、さして目立たなかった。

だが三日も経てば、当たり前だが素寒貧になった。

昨夜は火除け地の端に建つ小屋にもぐり込んだ。百姓が使わなくなった道具小屋だ。隙間だらけの板壁から、くすんだ光が流れ込んでくる。雀色刻《すずめいろどき》になるまで寝ていたらしい。

とりあえず酒だ。腹も減った。桐生は大きく伸びをした。

かろうじて大水をまぬがれた東本願寺の周辺には、ちっぽけな居酒屋がそこかしこに残っている。

小心そうな男を摑まえ、たかるつもりだ。

手垢で黒ずんだ腰高障子に、暖かそうな灯りが透けていた。腰高障子を引くと、いきなり鋭利な目が桐生を真っ向から捉えた。利助だった。

末吉を脇に従え、飯台の向かいには三人の男が座っている。利助の取り巻き連中か。

五人とも燻《くすぶ》った気配を発している。この間までは仕事にあぶれているだろう陸尺連中に、ざまあ見ろと舌を出していたが、急に親しみがわく。桐生を憐れむ甚吉たちより、遥かに近しい連中に思えた。

「よーう」

努めて気安く左手を上げた。利助の左隣にそのまま座る。利助は左肘を飯台に載せ、桐生に半ば背を向けた。

「おいおい、利助に末吉、お前らも無事だったんだなあ。久方ぶりなんだからよ、もっと顔を見せろよ」

「勝手に座るんじゃねえよ」

「まあまあ、利助。いいじゃねえか、こいつだろ、桐生って」

向かいの男どもが笑みを見せながら、空いている盃に酒を注ぐ。

「お、すまねえな。いただくぜ」

盃を干すと、すかさず他の男が注いでくれる。

「利助、上大座配に上がる、っつう話はどうなった」

江戸は今、それどころじゃないのがわかっていて、水を向けた。おじゃんになったと、利助の口から聞きたかった。

「どのみち、今は仕事もねえだろうな。俺ぁ、有馬の殿さまと臼杵の御母堂さまに気に入られてよ、世話になってたんだ。かといって、べんべんと長居するのも気ぶっせいだからよ、ほどほどのところでお暇《いとま》したのさ」

「へえ、臼杵の御母堂さまにかい」

向かいの男が徳利を差し向けながら、身を乗り出した。

「そ、いろいろな仕事をあてがってくれようとしたっけ。けど、俺ぁ上大座配だからよ。気安く半端な仕事はできねえやな」

「確かになあ。陸尺ってのは、潰しが利かねえもんな」

向かいの三人は、にやにやと相槌を打つ。

「ま、困ったらいつでも有馬家に戻って来い、って言われてっからよ。礼がわりに、いずれ駕籠《かご》を担いでやってもいいな」

酔いも手伝い、本当にそんな気がしてきて桐生の機嫌は天井知らずだ。三人は気前よく酒を注ぎ続ける。差し出された佃煮や田楽にも遠慮なく箸を伸ばした。

「だったら江戸抱から有馬家の国抱《くにかかえ》に、鞍替えすりゃあいいじゃねえか」

利助の低い声が聞こえた。相変わらず背を向けたままの利助の肩を、桐生は叩いた。

「そうだ、利助。お前こそ国抱になれよ。そうしたら、上大座配《じょうだいざはい》とか中座配とか煩わしい雑念とおさらばできるぜ。上大座配になれなかった、なんて鬱々としてっから、そんなしみったれた面に」

何が起こったか、わからなかった。わからぬまま、大の字に引っくり返っていた。その目路に、桐生を睨み下ろす利助の顔が入る。

「何を――」

吹っ飛ばされた半身を起こす間もなく、末吉に引き上げられた。三人の男どもも桐生の腕を掴み、店の外に引きずり出す。

「放せよっ。俺ぁ、酒が呑みてえんだよっ」

我ながら呂律が怪しい。男の一人が哄笑した。

「おいおい、桐生さんよ。どこまで図々しいんだよ。客連中の前でぶっ飛ばされてもまだ、人の金で酒を呑む気かい」

男の顔を目掛けて右の拳を繰り出しかけ、痛みに呻く。すかさず末吉が声を上げた。

「おや、大事な商売道具の右腕をどうかしちまったんかい」

きいきいと笑い続ける。その背後で、利助は無表情だ。

「黙れっ。利助の腰巾着が」

利助が静かに桐生と末吉の間に入った。無言で桐生に目を据える。

「何でえ。言いてえことがあるんなら」

「てめえ、翔次も見殺しにしたのか」

利助が低い声で、桐生に問うた。

「翔次の名も、忘れちまったか。てめえは本当に薄情者だよ」

「忘れてなんかいねえよっ」

嘘だ。忘れてはいないが、どうでもいい、と見切りをつけたのは確かだ。身の内から、追い出したばかりだ。

「あいつも気の毒にな。一度でも探しに行ったのかよ。行ってねえだろ。てめえも大概《てえげえ》な野郎だぜ」

頬が熱くなった。とっさに言い返そうにも、言葉が出ない。怒りのあまり、喉が熱い。熱くて声が詰まってしまう。

陸尺連中から爪弾きにされたのは、利助らの差し金だとわかっていた。ここまで執拗に桐生を引きずり下ろそうとする奴は、利助の他にいる訳がない。こいつらが。桐生は利助を睨み付けた。こいつらが俺から仕事を奪い、居場所を奪い、何もかも流した。

「何もかも、てめえらのせいだっ」

けっ、と男どもが鼻で嗤い、背を向けた。

「訳わかんねえよ。とち狂いやがって」

「情けねえ野郎だ。行こうぜ、酔いが醒めちまう」

利助は桐生を見据えたままだ。その肩を揺さぶった。

「なあ、利助。だったら教えてくれよ。翔次はどうしてるんだ。あいつの弟妹やおふくろさんは無事なのか」

「今さら遅えんだよ」

利助の目に、嫌な色が浮かぶ。憐れみか、蔑みか。再び激昂で頬が熱くなった。

「てめえ、何でそんな目で俺を見やがる。言いてえことがあるなら、言えやっ」

利助の隣で目を吊り上げた末吉が、堪らぬ顔で怒鳴った。

「桐生っ、そもそもは、てめえが利助の兄《あに》さんの」

「末吉、止めろ」

利助が末吉の肩を押さえた。桐生を見ることもなく、無言で背を向ける。桐生は利助の背に、死にもの狂いで飛び掛かった。

「何しやがるっ」

五人が一斉に振り向き、桐生に殴り掛かった。桐生は滅茶苦茶に拳を振り回し、足を蹴り出す。

――四囲が静かになった。通りに大の字に伸び、夜空を見上げていた。顔も体も、痛みと熱で浮かされたようになっている。

青黒《しょうこく》の夜空に吠えた。

「俺が、俺が何をしたってんだよおっ。誰か教えてくれ。俺が何をしたってんだっ」

己だって大水に流された。何故、己ばかりが誹《そし》られる。

江戸を離れたい。唐突に思った。死んでしまった江戸には何の未練もない。返り咲くわけがない。

江戸も、己も。

「ちくしょう、ちくしょう、ちくしょうめ」

そうだ。金貸しに借りられるだけ借りて、踏み倒して江戸を離れよう。よろよろと半身を起こす。

目尻を乱暴に拭った。

「ちくしょう、ちくしょう。俺が何をしたってんだ」

「桐生」

嗄《しゃが》れた声に振り向く。大工箱を肩に担いだ甚吉が立っていた。桐生は意味もなく、己の顎を撫でた。ざらりと髭が覆っている。

「喧嘩か」

甚吉が幽かに笑った。

「うるせえ」

甚吉が桐生の前にしゃがみ込んだ。

「やさぐれているくれえなら、普請を手伝え」

「しつけえな。俺ぁ、大工《でえく》なんざに扱き使われるほど落ちぶれちゃいねえよ。先にも言ったろうが」

「稲葉家の御屋敷でもか」

唖然とする。何故、甚吉から稲葉家の名が出る。

「お前さん、よく知ってるんだろ。臼杵領の稲葉家を」

「――話が見えねえ」

「もう少し、呑むか。ただし、この店は駄目だ。客筋が悪い」

のろのろと立ち上がる。

「俺のことなんざ、もう放っておいてくれよ」

「そうはいかん」

ふいと甚吉が桐生を睨み上げた。後ずさりしたくなるような、鋭い目が桐生を刺した。

「このままじゃ、桐生は畜生になり下がっちまう」

さっきまで、呪詛のように繰り返していた言葉だな、と桐生はぼんやり考えた。そうか、ちくしょうは、俺のことだったのか。

桐生の肩を押し、甚吉は歩き出した。甚吉がよく行く店は、堀を渡った浅草阿部川町《あさくさあべかわちょう》にあった。

甚吉が腰高障子を開けると、静かに呑んでいる男衆《おとこし》が六人ほどいた。甚吉と男衆は、幽かに会釈を交わしただけで、すぐに目を戻した。

「棟梁、今日は遅いお見えだね。こちらは、お初のかたかしら」

よく肥えた女将が、酒をのせた盆を手際よく運んで来た。桐生を覗きこみ、怪訝そうに首を傾げる。

「どっかで見たお顔だねえ。気のせいかしら。そうよね」

女将を遮るように、甚吉が声を掛けた。

「女将、玉子ふわふわを拵えてくれ。女将のが一番《いっち》、美味い」

「あらあら、それは恐れいり豆」

女将は嬉しそうに身を揺らし、奥に引っ込んだ。

「〝凪の桐生〟も死んじまったか」

桐生の呟きに、甚吉は無言だ。互いに勝手に手酌をし、無言のままで干した。喧嘩について、甚吉は何も尋ねない。桐生も何も言わなかった。

「万屋とは古い付き合いだ」

ふいと甚吉が口を開いた。

「万屋が頭を下げに来た。稲葉家下屋敷の普請を頼まれてくれねえか、とな。上屋敷なら、わっしらの出る幕はねえが、下屋敷なんざ寮（別荘）みたようなもんだから、何とかしてくれろ、ときた」

桐生の盃に酒を注しながら、続けた。

「有馬の殿さまが、万屋に密かにお命じになったらしい」

先に甚吉に逢った時「万屋に世話になっているらしいな」と言っていた。古参の万屋は、家臣団と親しい。玄蕃頭も何かの折りに、万屋と棟梁の甚吉が昵懇《じっこん》だと聞いたのだろう。もしかして、甚吉が桐生の親代わりだということも、玄蕃頭は知っているのか。

盃を持つ、桐生の手が止まった。

胸中で、玄蕃頭が飄々とした佇まいで、得意気に笑っている。口を付けぬまま、盃を戻した。甚吉が目を向けた気配を感じたが、桐生は顔を上げられなかった。

膝を強く摑んだ。摑んだ両の手が震えている。

〝貴様は何の役に立ち、何のために生きておる〟

小弥太の言葉に、自棄になっていた。だが、違った。心の奥底では精一杯に抗拒していた。上大座配として、あれほど名を売っていた己に価値がないはずがない。右腕がうまく使えなくなっても、まだどこかで希求していた。こんなことで沈むはずがない。きっと浮上するに決まっている。

〝俺が何をしたってんだ〟

己は何もしていない。いつの間にか、意味を履き違えていた。玄蕃頭や梅渓院に助けられ、粧香に活を入れられ、小弥太に責められても、己は何もしなかった。情けに甘えて流され、右腕を言い訳に、さらに流れた。流れは気付かぬうちに幾筋にも分かれ、桐生が流れ着こうとしている先は、どん詰まりの底なし沼かもしれないのに。

「親仁さん」

俯いたまま、ようやく声が出た。その先を懸命に考えた。だが言葉が浮かばない。するりと逃げる言葉の尻尾を、夢中で摑まえようとした。

口にすべきは謝辞でも詫びでもない気がした。口先ではなく、頭でもなく、総身で懸命に言葉を選んだのは初めてだ。

「俺は、変わる。江戸と一緒に俺は死んだ。死んで一からやり直す」

「本気で変わろうと思う奴は、てめえから変わるなんざ、決して言わねえよ」

厳しい声に顔を上げげた桐生を、甚吉が見据えている。

「変わったかどうかは、他人さまが決めることだ。お前さんはものを知らな過ぎる。てめえでものを考えた例《ためし》がねえのさ」

そこで、幽《かす》かに目許を緩めた。

「どころか、根っこのところは餓鬼ん頃と変わってねえな」

静かに盃を干し、甚吉は前に身を乗り出した。

「お前さんを産んでから、おっ母さんは臥せたきりになっちまった。わっしはあの頃、お前さん家《ち》の斜向かいに住んでたろ。親父さんは棒手振《ぼてふり》をしながら、お前さんとおっ母さんの世話を懸命にしていた。だが、お前さんが五つの年、あの長屋で火が出た。お前さんの隣の家が火を出したんだ。親父さんはおっ母さんを助け出そうと足掻きながら、二人とも焼け死んだ」

その時、桐生は長屋の子供らと、原っぱで遊んでいた。血相を変えた長屋のお内儀《かみ》連中が、桐生を探しに駆けて来た。

「わっしの家に引き取り、弟子の若え衆《わけ》と一緒に暮らすようになって幾日が経っても、お前さんは口を利かず、誰にも触らせず、ただずっと光る目で睨んでいた。お天道さんや神さんを恨む気はわからなくもねえ。だが、お前さんは違った。手当たり次第に何かを、誰かを恨んだ」

目を伏せたままの桐生の前で、甚吉が静かに笑う気配がした。

「時々、お前さんは癇癪を起こして暴れた。他人さまの土間に入って茶碗や皿をすべて割る。皆で丹精した朝顔もぜんぶ引きちぎる。飼われていた猫を地面に叩き付けようともしたな。だが長屋の連中も、若え衆も、お前さんを憐れんで何も言えなんだ」

呑め、というように甚吉は盃を滑らせたが、桐生は動けなかった。

「ある日、わっしはまた暴れ出したお前さんを、初めて拳固で殴った。吹っ飛んだお前さんを、力一杯に抱き締めた。そのとたん、お前さんは火がついたように泣き叫んだ」

覚えている。それから三日、桐生は泣き続けた。お内儀さんたちが、桐生は干からびてしまうんじゃないかと看《み》に来るほど泣き続けた。その後の三日は熱にうなされた。そうしてようやく、桐生は少しずつ口が利けるようになった。

桐生は甚吉と兄さん弟子らの仕事を手伝うようになった。十を過ぎた頃から、皆が驚くほど背丈が伸び始めた。根っから不器用で大工仕事には向かなかったこともあり、甚吉は伝手を頼って桐生を駕籠宿に送り込んだ。思えば、その伝手も万屋だったのではないか。

甚吉が腕を伸ばし、桐生の額を小突いた。

「さっきのお前さんは、癇癪を起こしていた餓鬼ん頃とおんなし顔をしてた」

「親仁さん、ごめん」

絞り出した声は、甚吉に届いたろうか。

「普請を手伝うか」

無言で小さく頷いた。

「なら、まずは三平に詫びを入れろ」

また無言で頷いた。腹立たしくもならなかった。

「それからな、助《す》けてやる、なんて思うな。助けるんだ。《市村座》の騒動の時ぁ、相方を見殺しにした、なんざ噂が立っていたが、お前さんは輩《ともがら》を、輩はお前さんを助けたかっただけなんだろ。だがな、お前さんは上大座配にこだわった物言いばかりするから、周りが思い違いをする。それがお前さんの悪い癖だ」

また小さく頷いた。

「弱った奴、追い込まれた奴がいたら、ただ助けろ。そうすりゃ、いつかお前さんも救われるさ」

ふと何かが胸中を掠め飛んだ。己は救われたことがある。誰に、どこで。わからない。思い出そうとすると、あの濁った水に呑まれてしまう。

「さて、じゃあ普請の話だ」

桐生の惑乱を察したように、甚吉が話を変えた。

「いっこだけ難題がある」

甚吉が声を低める。

「稲葉家ってえのは、とんでもねえ貧乏大名だな。大水で下屋敷がやられた、と聞いて見に行ったんだが、ありゃあ大雨で崩れたんだ。よほどひでえ普請だったんだろうな。それが証左に、周りの毛利や上杉《うえすぎ》や松平の大名屋敷はぴんぴんしてらあ」

甚吉は、言葉の割には暖気そうに続ける。

「まあ、万屋の言い分じゃねえが、寮みたようなもんだとすりゃあ、ごたいそうな書院造りの御屋敷でなくとも構わねえ、てこった。ただでさえ、どこの大名家も御公儀から目を付けられねえように、華美な行いを慎んでいるご時世だ」

甚吉は箸で、飯台に何かを描く仕草を見せた。

「草庵茶室《そうあんちゃしつ》ってえのがある。千利休《せんのりきゅう》が作った待庵《たいあん》つう茶室が、それだ。たった二畳くれえの茶室だが、無駄も華美も一切を省いた部屋は、茶室として出色の傑作と言われている」

箸の動きを追いながら、桐生は問うた。

「親仁さんは見たことがあるのかい」

「若え頃、上方の寺社や茶室の普請を見たくて、親方にくっ付いて見聞させて貰った」

気付けば店は満員になっていた。誰もが、和やかな笑みを浮かべ、静かに話し込んでいる。大水に持っていかれたことごとをひとときだけ忘れ、心を寛げているようだ。

今にして思えば、利助たちがいた店の客は、一様にそそけた顔をしていた。男どもは酒の勢いで、ぶん殴る相手ときっかけを探している。あれはそういう店だったのだ。たぶん利助たちも。

「ここは、いい店だね」

桐生が呟くと、「人には教えたくねえ店だ」と応え、甚吉はすぐに普請の話に戻した。

「質素倹約な趣向を凝らした茶室さね。そのほうが、御公儀からの覚えもめでてえだろうさ」

甚吉は小気味いい音を立てて、箸を皿の上に揃えた。

「虫っ食いの船材なんか使ってな、うんと渋く拵えるんだ。そういう趣向もあるのさ。桃山の頃から武将によっちゃ、質素で渋い茶室を好む御仁もいたそうだ」

珍しく得意気に話す。

「鴨居や欄間を設けねえ、あけっぴろげな茶室の風情にする。言うなれば、何人《なんびと》も隔てなく出入りのできる屋敷さ。てえして金もかからんし、あちらさんも助かるだろうよ」

確かに梅渓院と玄蕃頭が喜びそうな趣向だ。何より、十三歳の若い主君に相応《ふさわ》しい。

甚吉は万屋の話から、玄蕃頭と梅渓院の好みや人となりを組み立てたらしい。これも腕扱きの大工たる所以《ゆえん》だろう。

「親仁さん、ありがとうございやす」

自分の言葉に驚いた。誰かに「ありがとう」なぞと言ったことはなかった。粧香にさえ。それも己の瑕疵《かし》なのだ。

「お待たせーん」

女将が湯気の立つ椀を運んで来た。二人の前に、ふわふわに蒸された玉子が置かれる。

「これを拵えながら、考えてたんだけどさ。もしかして、……間違ってたら、ごめんよ。お客さん、派手に駕籠担いでなかったっけ。風の――」

桐生は無言で女将を見上げた。女将が気まずそうな顔になると同時に、にかっと大きく笑って見せた。

「おう、〝風の桐生〟たあ、俺のことだ。でもよ、そいつはほんとに風になって、どっかに飛んで行っちまった。残ったのが俺さ。何もねえ、ただの桐生さ」

四

西久保土器町にある稲葉家下屋敷の普請が始まり、桐生は現場を駆け回った。普請には石屋に左官、屋根屋、竈《かまど》職、畳屋など多くの職人が出入りする。

桐生は、どの職人に付く時にも下っ端として手伝うように、甚吉から命じられた。ここしばらくは、屋根屋の手伝いに忙しい。

瓦屋根ではなく、柿葺《こけらぶき》の屋根にするのが甚吉の趣向だ。ただし、常ならば椹《さわら》の柾《まさ》を使うところを、最も質のよい杉の赤身の柾を使うという。その柾運びが桐生の仕事だ。

棒手振のように、天秤棒の前後に下げた柾の束は相当に重い。右肩で担ぐことは早々に諦め、左肩で運ぶが、いかんせん要領を摑めない。職人衆は容赦のない上に短気揃いだ。ちょっとでも桐生の足が遅くなると、屋根の上から罵声が飛んだ。

「桐生の兄さん、担ぐのはお手のもんでしょ。もっとちゃきちゃき運んでよお」

甚吉の弟子たちが、けたけたと笑いながら囃す。三平は墨壺で材木に墨を入れながら、ちらと桐生を見遣り、すぐに目を戻す。

手伝うにあたり三平には詫びを入れたが、何とはなしにわだかまりが残っている。

桐生は曖昧に笑って受け流しながら、屋根屋のもとへ駆けた。

一枚鉋を使い、質素だが意匠を凝らした柱を作る大工、下からさいとり棒で差し出された土を、高い足場からこて板で器用に受け取る左官、九つ口の竈を作る職人は、女房も一緒に励んでいる。

職人の小気味いい掛け声が飛び交う。興が乗れば、流行歌《はやりうた》を唄いだす男衆もいる。だが、決して手を止めることはない。統べる甚吉の人徳と信用が窺えた。男衆の間を、枉を前後に揺らしながら、桐生は幾度も往復した。

日暮れてからは、甚吉と弟子が住まう長屋に誘われたが、桐生は断った。三平への遠慮もあるが、普請が始まった稲葉家下屋敷から離れがたい。

崩壊した屋敷が生まれ変わるさまを見ていると、何とはなしに、胸に心地よい風が通る気がした。

「せっかくの普請だ。火でも起こったら困るだろ。俺ぁここができあがるまで、用心のために泊まり込むよ」

仕事が終いになると、急いで桐生は湯屋へ行く。戻ると積み上げられた木材を風除けに、職人の女房連中が差し入れてくれた握り飯を頬張る。腹が落ち着いたら、夜具を引っ被って板の間に寝た。

その夕刻も、桐生は湯屋に向かった。だが、すぐに足を止めた。辻から人影がゆらりと立ち現れた。大水に呑まれてから姿を見なかった、黒羽織の男だ。

不知顔で通り過ぎるが、案の定「桐生どの」と呼び止められた。

改めて男を眺める。灰鼠《はいねず》の着流に黒羽織。どこか薄ら寒い気配が男を覆っていた。

「あんたも生きてたか」

「桐生どのも息災であったか。重畳である」

黒羽織の目には、何の表情もない。

「俺ぁ、忙しいんだ。あんたと立ち話をしている暇はねえよ」

「稲葉家下屋敷の普請を手伝っておるそうな」

横目で黒羽織を睨んだ。

「誰に探りを入れたか知らねえが、何だって俺に付きまとうんだよ」

「其の方、陸尺に戻る気はあるか」

「ふざけんなっ」

男もなかなかに背丈がある。常なら睨み下ろして凄めば一発だが、この男には通じぬ気がした。

それでも思い切り、眥目を利かせる。

「てめえも見ただろうが。江戸は水浸しになっちまった。井戸もねえ、家もねえ。大名連中は、派手な行列を控えてやがる。陸尺どころの話じゃねえんだよ。それより今はな、江戸の町を生き返らせるほうが大事に決まってるだろうが」

黒羽織の表情が、幽かに変わった。ほんのわずかに、目に薄い色が射して見えた。こいつ今、笑ったのかよ。

「それは御無礼を申した。なれど、桐生どの。これだけは覚えておいていただきたい」

黒羽織の目に、また笑みが浮かんだ気がした。

「江戸抱のみにあらず」

「――何がだよ」

黒羽織は静かに桐生を見返している。

「陸尺は江戸抱のみにあらず」

訳がわからない。桐生は背を向けた。

「何をほざいてんだか知らねえが、俺に関わるな」

言い捨てると、一気に駆け出した。湯屋に行く気も失せた。

黒羽織は何故、笑んだのだろう。考えるも、すぐに止めた。

ぽつぽつと行き交う町人が、提灯を灯《とも》し始めている。稲葉家下屋敷に着くと、修繕が済んでいない門の前にも、提灯の灯りがあった。

小柄な影が、人待ち風に佇んでいる。だが桐生を認めても、その場を動かない。ようやっと顔が見えた時、今度は桐生が動けなくなった。

優雅に褄《つま》を取りながら、粧香が歩み寄って来る。

「桐生、今宵は私っちの供連れをやんな」

五

粧香は三味線箱と提灯を桐生に突き出すと、勝手に歩き始めた。朱の目弾きを入れた、粧香の化粧顔を見るのは久しぶりだ。華やかな装いも懐かしい。小袖の裾には艶やかな牡丹《ぼたん》が、古代紫で描かれている。

「さっさと従《つ》いてきな。今宵の仕事は、本腰を入れて掛かるんだ。遅れる訳にはいかないんだよ」

「何だよ、藪から棒に。いってえ何の仕事だよ」

粧香は顎を引くように、桐生を見返した。

「私っちが梅渓院さまと有馬のお殿さまにご恩返しをする、花の戦場《いくさば》さ」

思わず足を止めた。

「ご恩返しの戦場って何なんでぇ」

粧香が涼やかに笑う。

「今宵の戦場の敵は、勝手方勘定奉行の若狭守さまさ」

粧香は桐生の返答を待たず、道端で蜷局を巻いていた駕籠舁を呼んだ。

「道々、話してやるよ。桐生も一緒に走りな」

三味線箱を左肩に担いだ桐生は、辻駕籠《つじかご》に並んで駆けるはめになった。

駆けながら、粧香から辻駕籠の覆《おお》い越しに、稲葉家の人足が起こした騒擾の経緯《ゆくたて》を聞いた。若狭守が激昂し、厳しい咎が下るだろう、ということも。

「人足連中も、しょうもねえ騒ぎを起こしやがって」

玄蕃頭と梅渓院は、そんな最中に桐生を慮《おもんぱか》り、仕事を与えてくれたのだ。けっ、と粧香が吐き捨てた。

「《市村座》の騒ぎに乗っかった、あんたに言われたくないね」

「俺はただ龍太を――」

「黙ってお聞き。そこで私っちがひと肌脱ぐことにしたのさ。若狭守さまに逢うのは、今日が初めて。とある御方を通して、私っちを売り込んで貰ったのさ。有馬の殿さまの伝手を頼ってね」

「とある御方って、誰だよ」

「それは内証。玄蕃頭さまとの約なのさ」

桐生は胸中でぼやいた。俺の周りの連中は皆まとめて、玄蕃頭の掌の上で転がされている気がしてきたぜ。

「その若狭守とやらに、何を話すんでえ」

「さあね。出たとこ勝負でもあるのさ。正直に言うとね」

しばらく粧香は無言で駕籠に揺られた。桐生は駕籠舁の胡乱な目を受けながら、黙々と並んで駆けた。粧香が呟く。

「稲葉家下屋敷の普請を見たよ。なかなかいい風情だ。梅渓院さまは、きっとお喜びになるだろうね。棟梁は甚吉さんだろ。相変わらずいい腕だ」

愛宕《あたご》山の裏手にある、天徳寺門前町《もんぜんちょう》に差し掛かると、粧香は辻駕籠を止めさせた。門前町の周囲には、日本橋や浅草には及ばぬが、そこかしこに振舞茶屋があり、なかなか賑わっている。浅草、深川周辺が壊滅したせいで、客がこちらに流れて来るのだろう。

息も乱さず、まっすぐに立つ桐生を粧香は眺め、静かに頷いた。

「陸尺の脚は鈍《なま》っちゃいないね。——お見事でござんした」

ふと、半玉《はんぎょく》のお志津の生真面目な表情が重なった。あの娘はどうしたのだろう。思ったとたん、桐生の口が勝手に動いた。

「粧香、あのよ」

粧香は無言で桐生を見上げている。

「その、——お志津はどうなったんでえ」

粧香は表情を変えずに、桐生を見つめたままだ。

「俺が心配《しんぺえ》するのはお門違いだろうけどよ。お前の妹分として、可愛がってただろ」

「ちゃんといるよ」

粧香がつぶし島田の鬢《びん》に手をやっている。だがよく見れば、簪《かんざし》にそっと触れていた。紅い牡丹の簪だが、妙にくすんで見える。

「無事だったのか。で、どこにいるんだよ」

「さっさと歩きな」

桐生に背を向け、歩き出す。仕方なく、桐生も続いた。

振舞茶屋の玄関に向かいながら粧香が囁く。

「玄関で私っちが挨拶をしている間に、庭に忍び込みな。そのまま待ってるんだよ」

「おい粧香、とんでもねえ無茶を謀ってるんじゃねえだろうな」

「無茶を通すしかない場合もあるだろ」

素っ気なく応えると、粧香は玄関に入った。

桐生は慌てて庭の闇に潜り込んだ。寒い。寒いにも、ほどがある。

「くそっ。こんな所で何をしろってんでえ」

障子越しに灯りが透けている。座敷に向かい、這って進んだ。障子は二寸ほど開いていた。粧香と女中の声がする。

「他にご入り用はございますか」

女中が訊ねる。

「そうね、あと銚釐《ちろり》を二本ほどお願い致します。これでよろしゅうございますか、若狭守さま」

粧香が応える。聞いた覚えのない、商売の声だ。低く、けれど柔らかい、ねっとりと耳に絡み付く声。

応える声はない。そっと濡れ縁に目を上げると、艶然と端坐する粧香が見えた。

「若狭守さま、どうぞ」

銚釐と盃が触れる音が響くほどに、座敷は静まり返っている。両隣の座敷はおろか、振舞茶屋一軒を貸し切っているのか。

「――何故《なにゆえ》、かように冷え込んでおるのに、障子を開けておる」

畳を這うような、重く太い声だ。

「閉めよ」

深川芸者を相手に、女中にでも命じるような口調だ。勝手方勘定奉行だか何だか知らねえが、偉そうな野郎だぜ。

だが粧香は、おとなしく立ち上がった。

「これは申し訳ござんせん。庭の山茶花《さざんか》がそれは見事なものですから、若狭守さまのお慰みになるかと思いまして」

足早に粧香が近づく。濡れ縁の下に隠れる桐生と目が合った。

粧香は膝を突き、無言で障子を閉じた。閉まる音と同時に、足許の障子を破り、紅筆が突き出され、すぐに引っ込んだ。

粧香流の符牒かよ。桐生は胸中で唸った。

壱岐守を神輿担ぎにした時、激昂した粧香が紅筆で油障子に穴を開けたことを思い出す。その穴を塞いで、己は長屋を出たことも。

「閉めろ」と命じさせるために、粧香は障子を女中に開けさせておいた。そして閉めながら覗き穴を作った。

桐生は濡れ縁に半身を伏せ、懸命に穴に目を近付けた。上座で踏ん反り返る若狭守が見えた。五十がらみだろうか。思っていたより、見た目は若い。顔の色艶もよく、無駄に肥えてもいない。そのぶん、怜悧にも見えるし、冷酷にも見える。

「卒爾、この座敷に向かうよう申し付かったが用向は何だ。身共は忙しい。早う言え」

不快そうに脇息にもたれている。盃を干す気配さえない。辣腕の勘定奉行は、お座敷遊びに一切の関心がないらしい。

粧香は動じる風もない。背筋を伸ばし、にこりと笑んだ。膳の盃を持ち上げると手酌をし、一気に空けた。盃の雫《しずく》を切り、また華やかな笑みを見せる。

「勝手方勘定奉行さまと盃を交わしたく、お出《い》で頂きました」

「芸者風情と盃を酌み交わすほど身共は」

「その盃じゃあござんせん」

ぴしゃりと若狭守の声を弾き返す。

「契りの盃にござんす。交わした後は、じつの親兄弟よりも深い仁を通さねばなりませぬ」

若狭守は脇息を小刻みに指で叩く。苛立っているらしい。

「ほざけ。芸者の酔狂なぞに付き合う暇はない。あの御方も何を考えておるのじゃ」

膳に盃を戻し、立ち上がろうとした。

「どうか臼杵領稲葉家へ、御赦免を」

腰を浮かせ掛けた若狭守を、粧香はまっすぐに見上げていた。

「どうか若狭守さまの度量をもちまして、御赦免をお願い奉りまする」

粧香は、敵と対峙する侍と変わらぬ気を放っていた。

若狭守のこめかみが震える。だが無言で、再び腰を下ろした。

「お前と稲葉家に如何様《いかよう》な因果があるのだ。そもそも、あの御方を何故に、お前ごときが動かせる」

「申し上げられませぬ」

若狭守が目を据わらせた。

「お前は身共に乞うくせに、その仔細は明かさぬつもりか。かように勝手な筋が通ると思うておるのか」

若狭守が身を乗り出した。今頃、気付いたかのように、粧香をじっとりと眺める。

「契り、と言ったの。身共が赦免を与えれば、お前は身共の言いなりになるのか」

伸ばした若狭守の手を、粧香はためらいなく撥ね除けた。

「そんな野暮な道理は、私っちには通りやせんぜ。深川芸者も舐められたもんだねえ」

耳に絡みつく粧香の声が、切れ味鋭い啖呵に変わった。

「おう勝手方勘定奉行さま、知らざあ教えて進ぜやしょう。私っちらは、契りを結んだ相手が危うい憂き目に遭えば、体も命も捨てる覚悟で出張りますのさ。見返りなんざ求めるのは、とんだ無粋者ですぜ。それがまっことの契り、いやさ乙粋《おついき》にござんす」

若狭守に何も言う隙を与えず、巻き舌で続ける。

「お蚕包みの御武家さまにゃあ、おわかりいただけねえやも知れませんがね。御公儀の意を汲んでの、御勤めもあろうと存じまさ。だがよ、青息吐息の田舎の小大名を、十三の男子が主君を務める御家を、見せしめだ何だとお題を付けて取り潰す、っつうのはあまりに没義道《もぎどう》ではありんせんかい。あの貧乏中の貧乏大名家に減封なんざ命じたら、あっという間に干上がっちまわあ。それがわからねえ、若狭守さままでもありますまい」

粧香がおもむろに片膝を立てた。ぐい、と裾を捲り上げる。

「御赦免を施してくれましたら、私っちは若狭守さまへの恩義を必ずや立てますする。この観音さまが立ち会いだ。やい勘定奉行、忘れねえように、よっく見ておくんない」

粧香の左腿には、極彩色の観音が彫ってある。

桐生が出逢った時には、すでに忍ばせていた観音だ。何のつもりで彫ったと聞いたら、「おっ母さんさ」と涼しく嘯いていた。

立てた腿を一つ、粧香は大きく叩いて見せた。若狭守は一瞥すると、顔を背けた。

「――下卑た真似を。無礼者めが」

粧香は表情を変えず、若狭守を見据えている。

「目の置き場がない。早う、裾を戻せ」

若狭守が盃を取り上げた。粧香を制し、手酌で酒を注ぐ。

「お前と盃を交わすは、今日は止めておく。関わり合うと面倒な女やも知れぬでの」

若狭守は小さく息を吐き、独り言のように語り始めた。

「今宵は何もかもが面妖じゃった。見知らぬ女狐に逢うた。女狐は身共をめくらませた。身共は酔うた訳でもないのに、転寝《うたたね》をし、気付けば屋敷の寝所におった。――夢を見ていたようじゃ。何か大事な仕事が一つ、すっかり頭から消えてしもうた」

静かに盃を返し、腰を上げる。

粧香が深く深く、平伏《ひれふ》した。

「稲葉家へ赦免を与えたとしても、謀反を起こした宰領と出人足への咎は避けられぬぞ」

「承知しております」

平伏したまま、粧香が応えた。

「こうでもせぬと、あの御方の顔も立つまい。お前と稲葉家のためではない。身共とあの御方のためじゃ」

返事を待たずに若狭守は襖を開け、廊下に出た。廊下に控えていた用人らの、慌ただしい気配が次第に去ってゆく。

桐生は思わず、庭に大の字に倒れた。

目の前が明るくなった。顔を上げると、障子を開け放った濡れ縁に、粧香が立っていた。

「おう粧香、お前も大概な奴だな。どうなることかと思ったぜ」

粧香は無造作に、桐生に三味線箱を押し付けた。

「いいから、さっさと流しの駕籠を探してきな、この唐変木」

駒下駄を沓脱に落とし、粧香も庭へ下りた。

何もかもが面妖、とは桐生とて同じ思いだ。粧香は玄蕃頭を介し、誰を動かしたのだ。その誰かには、踏ん反り返った若狭守も逆らえない。

「なあ、教えてくれよ。あの御方って、いってえ誰だよ」

「しつっこいね、内証だって言ってんだろ」

朱羅宇《しゅらう》をまっすぐに桐生に突きつける。

「次は桐生、あんたの番だよ。てめえがどういう風に、落とし前をつけるのか、とくと見物させて貰おうじゃないか」

桐生の返事を待たず、粧香は一つ頷いた。

「ああ、そういえば」

涼しげに言い放つ。

「稲葉家を青息吐息の田舎の貧乏大名家、ってけなしたのは、内証だよ。ありゃ方便さ。もし言いつけたら、小弥太さまにあんたを斬ってもらうからね」

四章

一

稲葉家下屋敷の普請は、年をまたぎながら少しずつ形となりつつある。

だが同時に困った事態もあった。

ひんぴんと、梅渓院が下屋敷に現れるようになった。まだ誰も来ない朝から急襲を懸けてくる日もあれば、昼間ひょっこりと顔を出す日もある。お付きの女中は必ず、重箱を抱えている。

正月かと見紛《みまが》う料理の数々を、梅渓院は職人衆に振る舞う。

「桐生、お前も召し上がれ。お前のぶんも拵えてある」

奇声に近い歓声を発しながら、職人や弟子衆が料理を頬張る横で、梅渓院が呼ぶ。

「俺ぁ、まだ仕事がありやすんで。それよか梅渓院さまよ、稲葉家は素寒貧で大変なんでしょうが。無理をしねえでおくんない」

「これは有馬家の厨《くりや》で作らせておる故、稲葉家の懐は痛まぬ。そんな話はどうでもよい。それよりも、夜にここに一人は物騒であろう。誰か、有馬家の若党を差し向けよう」

「差し向けるって、刺客じゃねえんですから。おっと、離れておくんないよ。木屑塗《まみ》れの御母堂さまになっちまう」

木屑を箒《ほうき》で集める桐生に、ちょこちょこと梅渓院が寄って来た。

「構わぬ。それより」

梅渓院が空《くう》を指差した。見上げると、一本の木がある。

「梅じゃ。わたくしの好きな花ぞ」

根が腐ってしまったのか、梅はずいぶんと弱って見える。今にも朽ちそうだ。梅渓院は、梅の下に桐生を呼んだ。

「よくご覧」

梅渓院がさらに枝を示す。

「すこうし、色がついておる」

桐生は目を凝らした。そんな気もする。

「きっと蕾が付く。この木は、それはそれは紅く、濃い香りの梅を咲かせる」

桐生は四囲を見渡した。池が溢れた庭は、まだ荒れるに任せている。足許は枯草が風に震えるばかりだ。

「江戸は必ず生き返る。この梅とて、きっと咲く」

梅渓院が両手を大きく伸ばしながら、梅を仰いだ。袂《たもと》が風に揺れる。鳥の羽のようだ。

「お前は、〝風の桐生〟と呼ばれておるそうな。粧香から聞いた」

「そんな奴ぁ、もういやせんぜ」

「風になれ」

梅渓院は生真面目な目で、桐生を見上げていた。

「江戸のように返り咲いて、風のように走れ。お前ならできる」

桐生は目を逸らし、箒を忙しなく使う振りをした。

下屋敷の普請が終わったら、己は何をすればいい。右腕が使えない陸尺《ろくしゃく》に付き合う相方なぞいるわけがない。利助たちの顔が浮かんだとたん、不安さえも萎えた。

「これはまた、古い木だ。何に使う」

しんと黙り込んだ桐生の隣で、梅渓院が声を上げた。飯を済ませた甚吉の弟子衆が、船材を運んでいる。

「へえ、これを削って細工して、違い棚にしろと棟梁からの言い付けで」

三平が恐る恐る、応えている。梅渓院から異を唱えられるのを、懸念しているらしい。だが、梅渓院は無邪気に手を叩いた。

「それはよい。お前たちの棟梁は、なかなかに洒落者《しやれもの》であるの」

三平と弟子衆が頬を緩めた。

「そう仰る御母堂さまも、なかなかの洒落た御方でさ」

「手伝普請のために、下屋敷の普請は諦めておった。もともと上《かみ》の下《しも》の、と屋敷を構えられる家ではない。なれど、皆のおかげで能登守は恥を掻かずに済む。ほんに、ありがたい」

梅渓院が弟子衆に、深く頭を下げた。

「ちょ、ちょっと、頭なぞ下げねえでおくんない。あったり前のことをしてんですから」

慌てる弟子衆を横目に、桐生はふと気配を感じた。門を見遣ると人影がある。人影はとっさに身を隠そうとしたが、手遅れと悟ったらしい。こちらを見ずに、ぎくしゃくと門を通り過ぎようとした。

小弥太だ。おおかた梅渓院の後を尾けてきたのだろう。

そういうことか。桐生は可笑しくなった。

「梅渓院さまよ、小太郎、もとい小弥太さまがお迎えに来ましたぜ。大切な大切なお姫《ひい》さまをお守りするためにさ」

大声を張り上げると案の定、小弥太の顔が一気に染まった。

「小太郎。迎えに来なくともよい、と出る時に申したであろう」

「——あいすみませぬ」

俯いて詫びながら、小弥太は桐生を睨んだ。桐生は素知らぬ顔で、木屑を集めた。

「小太郎、見てみい。かように古い船材を使って、違い棚を造るそうな。やはり江戸の職人は臼杵とは違うの。江戸では乙粋と言うそうじゃ。小太郎は、かような言葉も知らなんだであろう」

「左様にござりまする」

小弥太は頷きながら、ちらと口惜しそうな色を見せた。桐生はますます可笑しくなった。

「おい小太郎、もとい小弥太さまよ。しっかとお姫さまを上屋敷まで送ってくれよ」

「黙れ。貴様に言われる筋合はない」

また来る、と言い残し、梅渓院はさっさと門を出てゆく。小弥太は慌ててその後を追う。

小弥太は案外と可愛い奴だと、桐生は初めて思った。

二

やはり、己が言うしかあるまい。

小弥太は、濡れ縁で丸まっているよもぎ猫を眺めながら、意を決した。庭ごしに、書院を振り返る。

書院では、梅渓院が粧香から端唄《はうた》を習っている。有馬家の女中らも混じっているらしく、やたらと賑々しい。

粧香は玄蕃頭と何やら謀り、若狭守による稲葉家への咎を帳消しにさせたらしい。

〝梅渓院さま、ちょいと私《わ》っちにお任せいただけませんか〟

あの時の、粧香の笑みを思い返すと、胸くそが悪くなる。芸妓ごときが偉そうに。だが粧香は本当に切札となり、若狭守を手なずけたのか、丸め込んだのか、モノにしたのか。

「いかん、某《それがし》とあろう者が、何と下世話な」

だが、モノにして言いくるめたとあれば、有馬家と稲葉家にとってはとんだ赤っ恥だ。この屋敷で、芸妓がますます図に乗るのも断じて許せぬ。

桐生が何故、稲葉家下屋敷の普請を手伝っているのかも、皆目わからぬ。わからぬことばかりになってしまった。

「皆が勝手に動き過ぎておる」

吐き捨てると、よもぎ猫が尻尾でたんたん、と濡れ縁を打った。

「貴様まで、調子に乗るでない」

どう切り出せばよいものか。思案していると唄が止み、書院の障子が開いた。梅渓院が一人で庭に出て来た。

「小太郎、猫の世話かえ。せいぜい可愛がっておやり」

今日は玄蕃頭の登城日《とじょう》だ。故にか屋敷内は何となく、長閑《のどか》な気配が漂っている。いや、梅渓院だけは玄蕃頭がいようがいまいが変わらぬ。気安く小弥太の隣に腰掛けた。

「梅渓院さまをお訪ねに、書院へまいるところでした」

「何用じゃ」

梅渓院が、ぶらぶらと足を前後させる。小弥太は小さく咳《しわぶき》をして、声を励ました。

「稲葉家下屋敷の普請の場へ、ひんぴんとお出ましになられるのは、お止めいただきたく存じまする」

怒りの笑みが来るか、と身構える。だが梅渓院は小さく首を傾《かし》げただけだ。

「何故に、そう申す」

「下屋敷は大工や職人連中で溢れております。荒くれた男どもが働く所へ、稲葉家当主の御母堂さまがお出ましになるものではございませぬ。それに」

それに桐生がいる。桐生を見上げて話す、梅渓院の顔が浮かんだ。怒りの笑みではない、柔らかな表情。それだけで小弥太は、体中の血が逆巻くような焦燥を覚える。

「安く普請をしてくれておる皆へ、心ばかりの礼のつもりで弁当を届けるだけじゃ。せめてそれくらいはせねば」

「そんなことは女中へ申し付ければよろしいかと。そうだ、あの粧香に行かせましょう。あれは桐生の妻女も同然、という話」

妻女、に力を籠めた。ふっ、と梅渓院が微笑んだ。

「お黙り」

怒りの笑みだろうが、これだけは引き下がれぬ。

「黙りませぬ。某はお姫さま、もとい梅渓院さまの身を案じて進言しておりまする。しかも道中は女中を一人二人連れておられるだけ。何か出来《しゅったい》でも致しましたら、それこそ能登守さまに」

「しゃあしいっ」

いきなり在の言葉で怒鳴られた。

「黙って聞いておれば、小姑《こじゅうと》みたいにぺらぺらと小うるさい。わたくしの屋敷の普請を見に行って何が悪い」

笑みがいっそう深くなる。梅渓院が小弥太の正面に立った。

「お前は思い違いをしておる。どうせ、わたくしが桐生に惚れたと思っておるのだろう」

思わず小弥太も立ち上がる。

「梅渓院さま、惚れたなぞ、下世話な物言いをされるものでは」

「偉そうに、さっきのはわたくしへの厭味であろう。粧香が桐生の女だなぞ、わたくしはとうに承知しておる。お前は粧香が命懸けで、稲葉家への咎を放免にしてくれたことを恩義に感じないのかえ」

「あの女は芸妓です。色を売るのが商売でございましょう。色で若狭守さまを籠絡したなぞ、有馬家と稲葉家の名汚しに他なりませぬ。そんな女を差し向けるのであれば、某が出向いて堂々と交渉致しましたものを。よりによって芸妓風情を名代《みようだい》にするとは、玄蕃頭さまも何をお考えなのか」

側近の己より芸妓を選んだ玄蕃頭にも、鬱屈がいや増している。

「ああ、しゃしいっ。しゃあしかっ」

梅渓院が高い声で遮った。

「小太郎、お前こそが下世話じゃ。何が色じゃ。粧香はそんな女子《おなご》ではない。堂々と若狭守と対峙したのじゃ。対峙して、若狭守に料簡《りようけん》させたのじゃ」

「某が知るはずもござりませぬ。殿さまは、某に何も仰りませぬ。〝済んだことじゃ。もうよかろ〟と仰るばかりで」

これとて、腹立たしい。何故、己だけが蚊帳の外なのだ。

「頼篭が粧香に託したのは、お前では力が及ばぬからじゃ。お前に若狭守を説き伏せられるのか。悪名高い、肚の中が真っ黒の勘定奉行を説得できるのかえ」

「某はっ」

痛走る声を抑えきれぬ。誰が聞いているかわからぬのに。だが、口を閉じることができぬ。己の苛立ちの仔細がもう一つわかった。梅渓院と桐生が仲良く揃って己を小太郎と呼ぶせいだ。

「某は、殿さまがために、勇往邁進《ゆうおうまいしん》の心でお仕え致しております。某にお命じになっておりましたら、あの女よりも殿さまがご満足される決着に為果《しおお》せましたものを。殿さまも梅渓院さまも、某を見くびっておいでですっ」

全力で走ったかのように、息が上がる。

「梅渓院さまが普請の場に幾度も顔を出すこととて、稲葉家の名汚しでございます。気安く大工衆や桐生なぞのうつけ者と口を利くなぞ、とんだ恥さらしにございますっ。殿さまの、側近中の側近である某だからこそ、梅渓院さまを正しく導けるのです」

心の中では、てんで違うことを考えているのに、言葉にならぬ。何故、粧香や桐生には心から楽しげに笑みを見せるのに、己には見せぬ。己が幼い頃には、あんなに何度も聞かせてくれた、心地よい笑い声を何故、一度も聞かせてくれぬ。何もかもが思い通りにゆかぬのは何故だ。頭が熱くて割れそうだ。

「名汚しだとか恥さらしだとか、お題目みたいに唱えればいいと思うておるか。お前は桐生と粧香のこととて、何もわかっておらぬ。お前に男と女の機微なぞ、死ぬまでわからぬ」

幼い頃から見つめ続けていた梅渓院本人から、色恋沙汰について誹られるとは。絶望と怒りで笑い出しそうだ。

梅渓院の顔から、笑みが消えた。

「お前は、傷を負うた者の心がわからぬ」

それがどうした。わかったところで何なのだ。だが、応える前に梅渓院が言い放った。

「頼僮がお前を遣わさなかった仔細は、お前のそういう性分故にじゃ」

梅渓院が噛んで含めるように言う。小弥太が幼かった頃、梅渓院は時折り、こんな風に諭す口調になった。

「氷と違い、内から凍るものがあるとすれば、それは人の心じゃ。わからぬなら、せめて懸命に寄り添えばよい。なれど、お前はそれができぬ」

梅渓院は背を向けると、返答も待たず書院に向かった。書院に戻るだけなのに、梅渓院がまた、遠くに行ってしまう気がした。梅渓院の輿入れを見送るしかなかった時の口惜しさが迸り、地団太を踏みたい思いで叫んだ。

「某はこのままでは梅渓院さまをお守り致しかねまするっ。某を信用なさらぬお姫さまをお守りできる訳がない。気が済むまで下屋敷にお通いになればいい」

強情な梅渓院にも腹が立つ。何よりも、支離滅裂な文句を言い募る己がいやたらしい。

「桐生や粧香と、お好きになさればよろしいっ」

とうに梅渓院は書院の中に消えている。書院は静まり返ったままだ。粧香に聞こえていないはずがない。御用人や女中も何ごとか、と見に来さえせぬ。

皆に莫迦にされている気がする。屋敷中の誰もが、陰で声を殺し、嗤っている。誰も彼もがなに気なく小弥太と擦れ違ったとたん、含み笑いをする。そっと小弥太の背を指差す気がしている。

「くそっ、くそっ、ちくしょうめ」

思い当たることはいくらでもある。和やかに談笑している家臣団は、小弥太が通り掛かると、一様に口を閉ざす。己は若くして玄蕃頭の側近となった。妬み嫉みは無論あろう。だから小弥太は気にしなかった。

輩なぞ、立身出世の邪魔でしかない。梅渓院だって、もうどうでもよい。己は一人でいい。始めからそうだった。

足音も荒く、濡れ縁に上がった。猫を乱暴に足で押した。

「貴様もさっさと書院に帰れ。目障りだっ」

だが巨体のよもぎ猫は、ずず、と押されながらもしぶとく眠り続けている。

三

こぢんまりとしながらも、古式ゆかしい佇まいの稲葉家下屋敷は、江戸の新たな名物に数えられそうだ。甚吉ら職人衆の働きの確かさに、桐生は面食らうばかりだ。

「結句、三平と手打ちにならなかったなあ」

清々しい青畳に遠慮し、桐生は濡れ縁に寝そべりながらぼやいた。ここまで来ると、いよいよ火でも出したら大ごとだ。桐生の見張りは続いていた。

日暮れた空は逢魔ヶ刻《おうまがとき》に相応しい、重い墨色に垂れ込めている。春はそう遠くないのに、今夜は底冷えがしそうだ。障子と雨戸を閉《た》てようと、くしゃみをしながら腰を上げた。

「桐生」

細い声に、目を凝らす。庭に提灯が一本、頼りなく揺れていた。

「梅渓院さま——」

藍白《あいじろ》の打掛小袖が、薄闇にしらじらと浮かんでいる。その下には桜鼠の間着《あいぎ》。何だって、そんなに寒々しい色の着物なんか着てるんだ。桐生は場違いに考えた。同時に我に返る。

「まさか、お一人で来なすったんですかい」

梅渓院が項垂《うなだ》れた。道に迷った幼子のようだ。

「そりゃ、いくらなんでも物騒でしょうが。逢魔ヶ刻といって、この刻には辻の陰やらそこかしこに、物《もの》の怪《け》が潜んでいるんですぜ」

梅渓院は、いきなり提灯を桐生に押し付けると、座敷に上がり込んだ。まだ何も調度のない座敷を見渡し、青畳の香りを深く吸い込んでいる。

「羨ましかった。それだけなのじゃ」

桐生を振り向き、囁く。

「桐生も、甚吉という棟梁も、その弟子も、ここにおった職人たちの皆が羨ましい」

ぺたりと梅渓院が座り込んだ。つややかな畳を撫でる。

「軽々と跳ね回り、体を一杯に使って仕事をしていた。何とわかりやすく、あけっぴろげな、とわたくしは見惚れた」

桐生は行燈《あんどん》に灯を入れた。梅渓院の打掛小袖が、また白く浮き上がる。

「能登守が決して持てぬものを、すべて持っておる皆が真に羨ましかった。羨ましくて眩しい。故にわたくしはここに幾度も参った。それのどこが悪いというのじゃ」

「梅渓院さま、どうかしなすったんですかい」

梅渓院が、ゆっくりと振り向いた。

「小太郎に叱られた。稲葉家当主の母が、こんな所にひんぴんと来てはならぬと」

やるじゃねえか。胸中で感心した。ひょろ長い陰険な助平野郎だと思っていたが、とうとう梅渓院に迫ったか。

だがそこで、また我に返った。こんな刻に梅渓院が一人で来るということは、小弥太はしくじったのだ。どういう経緯《ゆくたて》か、梅渓院は有馬家上屋敷を飛び出して来た。

「あれは、お蚕包《かいこぐる》みじゃ。わたくしは、小太郎が幼い頃より知っておる。いつも弟みたいに、わたくしに従《つ》いて歩いておった。わたくしが稲葉家に嫁ぐ日、じっと門の陰から見ていた。顔を真っ赤にして、口を引き結んで、震えておった」

「それほど梅渓院さまを好いてたんでしょ」

梅渓院は聞いていない。

「もっとわたくしが、厳しく躾けておけばよかった。頼徸が近習に取り立てて甘やかすから、ああなったのじゃ。あの頃は何にでも懸命に目を向けて、学び取ろうとしておったのに。あんなに可愛げのない男に育ってしもうて」

憐れな小弥太は、てんで見込みがないようだ。桐生はそっと、溜息を吐いた。

「追い詰められた者を守る気概が、あれにはない」

「それは言い過ぎってもんでしょ。小太郎、もとい小弥太さまにだって探しまくれば、いい面が、ひとっつくれえはあるかも知れやせんぜ」

「ない」

桐生は梅渓院の提灯に、火を入れた。

「梅渓院さま、戻りやしょう。送ります。こんなところで燻っていねえで、仲直りをしておくんない。俺が小太郎、もとい小弥太さまに口添えをしやすから」

「喉が渇いた。冷たい水は嫌じゃ。白湯がよい」

仕方なく台所へ向かった。職人らのために、瓶にはいつも水が湛えてある。急いで火を熾し温める。湯気の立つ白湯を二つ、盆に載せて座敷に戻った。

梅渓院は丸まって眠っていた。慌てて盆を置き、揺さぶる。

「起きておくんない。こんなところで寝ちゃあ」

「桐生、粧香はいつもお前を見ておる」

半ば寝言のように、梅渓院が呟いた。

「知らなんだろう。わたくしを送ると言っては、この近くまで来て、お前を見ておる」

知らなかった。

梅渓院はさらに不明瞭に呟きながら、桐生に背を向けてまた丸くなった。

「参ったな」

己の夜具を梅渓院に掛け、桐生は雨戸を閉てた。縁側で身を縮める。ひと眠りした梅渓院が起きたら、さっさと送ろう。

思ううちに、転寝《うたたね》をしたらしい。ふと目を覚ますと、寒さで固まった肩や膝が痛い。

どのくらい刻が経ったのだろう。目を向けると、梅渓院が夜具にすっぽり包《くる》まっている。

同時に何故、目が覚めたかを考えていた。何か違和を感じる。素早く座敷を見渡した。行燈が弱く灯っているだけだ。

何なんだ。さらに目と耳に気を向ける。ふいに大水が出た朝を思い出した。あの時と似ている。

何とも不穏でおぞましい、何かが迫る気配。

外か。だが、何の音も聞こえない。いや、足音が聞こえた気がした。誰かが庭に忍び込んでいる。

一人ではない。

梅渓院を起こそうと、手を伸ばした。刹那、雨戸が耳をつんざく音とともに破られた。

四

小弥太は読本《どくほん》を閉じ、両の目を揉んだ。どうにも苛立つ心持を落ち着けるために、素読に刻を掛け過ぎた。鈍く頭が痛み始めた。

夜具の支度をしようと立ち上がると同時に、油障子の向こうから声が掛かった。急いで開くと、警固の御用人が庭に立っている。

「如何なされました」

御用人がわずかに身をずらせた。背後に誰かいるらしい。

「粧香どのが、小弥太どのに急ぎの用向きがあると」

御用人は素っ気なく告げると、庭の暗がりに消えた。

「小弥太さま、夜分にごめんなさんし」

夜だというのに粧香はきちんと羽織をまとい、化粧も施している。

「何用だ。芸妓、もとい粧香どの」

梅渓院と諍ったすぐあとに、逢いたい顔ではない。もとはといえば、こいつのせいでもある。

「梅渓院さまがおりんせん」

すぐと意味を摑めず、無言で次の言葉を待った。

「夕餉《ゆうげ》の前から奥の間に、お一人でお籠りになっておいででした。女中さんらも気遣って、声を掛けませんでした。夕餉になってお呼びしたんですが返事がなく、私っちが襖を開けてみれば誰もおりんせん。御屋敷内は女中さんが、ほうぼう探したのですが」

思わず声を荒らげた。

「こんな刻になるまで何をしておったっ。何故、もっと早《はよ》うに報せなかった」

片方の眉を持ち上げ、粧香は小弥太を見据えた。

「お言葉ですが、小弥太さまは梅渓院さまにたいそう激昂なさってたご様子。お報せするだけご迷惑かと存じまして。それに」

小弥太が言い返しあぐねている間に、粧香は平然と続けた。

「小弥太さまが言い捨てた通り、稲葉家下屋敷に行かれたのでござんしょう。私っちが憂慮しておりますのは」

「何だと申す」

「桐生のことですから、梅渓院さまがいらっしゃれば、とうにこちらに送り届けているはず。桐生は普請が始まってからこっち、夜は下屋敷に見張りとして泊まり込んでおります。その桐生に、梅渓院さまを送り届けられない何かが出来したのでは。それで小弥太さまに、お報せに上がった次第でありんす」

いきなり頭の中がぐるぐると回り始めた。桐生と二人きり。夜に。梅渓院と下屋敷にこもったまま。それはつまり――。

「先にそれを申せっ。莫迦者」

袴《はかま》も外し、すでに小袖姿だ。それがどうした。小弥太は取って返し、刀架から脇差を摑み上げると庭に飛び降りた。

「小弥太さま、これを」

すかさず粧香が提灯を差し出す。無言でそれを奪い取った。

「有馬の殿さまには、私っちからお報せしておきましょう。どうぞお気を付けて」

背後から、妙に落ち着いた粧香の声が掛かる。待て待て芸妓、殿さまには報せるでない。大ごとにするな。己が不埒《ふらち》者の桐生を斬り、お姫さまを救えばいいだけの話。

逡巡しながら振り向くと、粧香の声色が変わった。

「いつまでぐずぐずしていやがるのさっ。早くお行きっ」

思わず小弥太は駆け出していた。無我夢中で人の絶えた通りを駆ける。冷えた夜気が、袂から背中へ鋭く差し込んでくる。だが、瞬く間に額に汗が浮いた。顔が火照《ほて》る。焦燥で喚き出したくなる。

お姫さまに指一本でも触れたら、叩き斬る。めった刺しにしてやる。

稲葉家下屋敷の門が見えて来た。夜なのに、開いている。焦燥が、別の何かに変わった。不穏な気配を感じる。門から飛び出す人影が見えた。提灯も持たずに駆け出て来る。小弥太の足音に気付くと、慌てた様子で踵を返した。

「待ていっ。何奴っ」

小弥太の怒号に人影は数瞬、振り向いた。小弥太の声に覚えがあるように。暗闇に顔は判然とせぬ。

すぐに人影は走り出した。敏捷な男だ。小弥太は門の前で足を止め、闇に紛れてゆく背を見た。己もあの男に覚えがある気がする。瘦軀《そうく》の体つきを、どこかで見た覚えがある。

「誰だ」

闇に向かって誰何《すいか》する。だが屋敷から聞こえた梅渓院の叫び声に、とっさに門に飛び込んだ。

五

雨戸が破られる音と、畳を揺るがす振動に、梅渓院が跳ね起きた。桐生は梅渓院の前に転がり、背に庇う。

「ほんとにいやがった」

「こんなところでしっぽりか。いいのかい、桐生。臼杵の御母堂さまなんだろ。大名の御母堂さまに手を出しちゃあ、間違いなく打首だぜ」

見知らぬ男たちが、次々と濡れ縁に上がって来る。いや、桐生は目を細めた。上がり込んだ男は七人。そのうち三人は――。

「居酒屋で利助と一緒だった奴らか」

「あん時、奢ってやった礼を言って欲しくてな」

真ん中の男が片頬で嗤う。

「ここに俺がいるって、何で知ってる」

「親切な人が教えてくれたのさ」

男たちの背後から、利助の声がした。左右に分かれた男たちの間から、末吉を従えた利助が濡れ縁に上がった。

「てめえら、気安くこの屋敷に上がるんじゃねえ」

男たちがどっと嗤う。

「てめえに言えた義理か。てめえこそ、ここで御母堂さまと愍ろじゃねえか。女と見りゃあ、片っ端から手を出す、ってのはほんとなんだな」

「黙れっ。無礼者っ」

桐生の背後で梅渓院が立ち上がる。また男たちが囃した。

「かわゆい御母堂さまだねえ。声もいいぜ」

「たまんねえな」

桐生も立ち上がり、背後に梅渓院を隠した。

「出て行けっ。今すぐ出て行かねえと、ぶっ殺すぞ」

利助が一歩、踏み出す。

「なあ、上大座配さんよ、俺がどこに仕えてるか、覚えているか」

桐生が返答に詰まると、利助が鼻で嗤った。

「やっぱり忘れたか。伊予守《いよのかみ》さま（河内《かわち》西代《にしだい》領当主・本多忠統《ただむね》）だよ」

「それが何だってんだ」

末吉がきいきいと笑う。

「こいつ、ほんとに上大座配《じょうだいざはい》かよ。伊予守さまの名を聞いても、何もわかんねえとは信じられねえ」

「聞け、桐生」

利助が懐手になりながら、柱にもたれた。

「お前《めえ》を消しちまいてえ、と思う奴が二人いる。一人は俺だ」

桐生は数歩下がり、連中から梅渓院を遠ざけながら問うた。

「上大座配を妬んでいるにしちゃ不穏じゃねえか。俺に何か恨みでもあるのかよ」

いつの間にか、男たちは円陣を組むように広がっている。雷のような轟音に、振り向く。末吉が奇声を上げながら、角材で違い棚を叩き壊した。庭に積んだままの角材を、男たちは手にしている。

「止《や》めろっ」

満開の梅に舞う白い蝶を描いた襖が、あっという間に粉砕されていく。梅渓院が茫然と見ている。

「梅渓院さまっ、こっちへっ」

腕を摑むと、すぐに振り払われた。

「かような真似をして、ただで済むと思うておるのかっ」

梅渓院が傲然と男たちに摑み掛かる。その胸ほどしかない背丈の梅渓院は、呆気なく一人の男に押さえ込まれた。手足を振り回して暴れる梅渓院を、難なく抱え上げる。

「小せえくせに威勢のいい御母堂さまだ」

「そこらへ連れ込んで、おとなしくさせろよ」

「放せっ。汚い手で触るでないっ」

「てめえ、梅渓院さまを放せっ」

桐生が飛び付こうとした刹那、頭に激痛が走った。目の前が火花でいっぱいになる。同時に右腕を取られた。耳元で、きいきいと笑い声がする。

右腕を後ろに捩《ね》じり上げられ、火花が増した。火花の向こうで、軽々と抱え上げられた梅渓院が叫んでいる。目が霞んできた。

あの時と同じだ。

大水に呑まれた時、濁った水の中は何もかもがおぼろだった。今も、すべてが霞んで濁ってゆく。こいつらだって、見たはずだ。この世の地獄を見てもなお、こんな仕打ちができるのか。いっそ死んで楽になりたいと思うほど凄惨な絵図を見ても、いや、見たからできるのか。

床の間も欄間も、次々と砕け散っていく。蕎麦屋の娘を抱えながら見た、崩壊してゆく商家。同じ音で頭の中は一杯だ。

「いいことを教えてやるよ。てめえを消しちまいたい仔細は、上大座配を妬んででも、上大座配になれねえからでもねえ」

利助が囁く。逆に取られた右腕が、軋んで不気味な音を立てた。

「おみねは俺の妹だ」

蕎麦屋の娘の名と、頭に浮かんだ娘の残像がうまく結ばない。利助に頭の中を覗かれたような、奇妙な心持だ。

「忘れたか。お前がさんざんに弄んだ娘だよ」

ほとんど優しい口調で、利助は囁き続ける。

「俺には何でも話してくれた。同じ陸尺なのが、嬉しかったと。陸尺としての格は、お前が上だ。口惜しいは口惜しかった。だが何より、お前と近づきになれたおみねは、心から嬉しそうだった。だから俺も嬉しく思った。お前が深川芸者に乗り換えるまでは」

利助の言葉は針になって、一本ずつ桐生に深く刺さる。

おみねは桐生を驚かせようと思い、利助のことを黙っていたのか。桐生と夫婦になると決まったら、じつは利助の妹だと驚かせるつもりだったのか。それはおみねなりの、楽しい手妻みたようなものだったのだろうか。

だが、己は粧香を選んだ。おみねが気付かぬくらいに、周到にさり気なく。

利助は頭を巡らせ、暴れる連中に鋭い声を放った。

「あんまり派手に騒ぐな。下っ引きの連中が来ちまう。俺はまだ、こいつに話がある」

顔を桐生に戻し、柔らかな声音に戻る。

「あれから俺は、ずっとおみねを探していた。親父のほうは諦めた。おみねを可愛がっていた親父のことだ。きっとおみねを助けようとして、自分は大水に呑まれたんだろう。上大座配なんぞ、もうどうでもよかった。おみねさえ見つかれば。そうしていたら今日、おみねを見かけた奴の話を伝え聞いた。お前とおみねが、流される屋根の上にいたと」

利助の声が、次第に黒味を帯びてゆく。

「何でおみねが流されて、お前はのうのうと生きてるんだ。何でお前だけが、生き残っているんだ」

誰かにも言われたな。ああそうだ、小太郎だ。

何者でもない桐生に生まれ変わり、すべてがまっさらになったと思っていた。一から仕切り直せると、浮かれさえしていた。

だがここに、悪いことをしたと思っていない己をたった一人、指弾できる奴がいた。

「あん時、おみねだけが流されたのは何故だ。何があった。あいつの骸《むくろ》はどこに行った」

わからない。ただ、反転する屋根の上で、黒い水が目路《めじ》を覆い、天地が逆になり、それから——。

「龍太みてえに、おみねも犠牲にしたのか」

わからない。何も思い出せない。

己は償うべきなのだ。あのまま黒い水の中へ、消えるべきだったのだ。

利助の顔も霞んでゆく。やっぱりまだ、俺は大水の中にいるんだな。

天つ彼方か、あるいは大水の底にいる何かが、桐生を深く深く沈めてゆく。黒い水底で、桐生は数瞬、空を仰ぎ見た。

誰かが手を差し伸べている。濁った水を貫き、まっすぐに手が伸びてくる。

小太郎だ。桐生の左手を、力強く摑んだ。そうだ。あの時、あいつが溺れ続ける俺を、黒い水から引き上げたんだ。

違う。小太郎はお救い小屋に現れたんだ。黒い水をまっすぐに貫く白い影。あれは——。

「貴様らっ」

小太郎の声が聞こえた。とうとう耳までいかれたらしい。

「貴様ら、まとめてぶっ殺してくれるっ」

庭に飛び込んできた小太郎が、夜叉の顔で駆けて来る。まっすぐな小太郎の目と桐生の目が合う。

それでも小太郎の顔も、どこか曖昧だ。

六

小弥太は庭に駆け込むと同時に、男に抱え上げられて暴れる梅渓院を見た。壊され尽くした座敷では、桐生が右腕を取られたまま、半ば昏倒している。

「桐生、貴様っ。そんな下卑た連中を相手に何を手間取っておる。お姫さまも守れぬ愚か者めがっ」

力の限りに叫ぶ。目を覚ませ、この莫迦が。

「桐生、貴様のせいだっ。貴様のせいでお姫さまが、かような目に遭うのだ。必ず貴様を叩っ斬ってやるっ」

小弥太はなおも怒鳴りながら、梅渓院のほうへ猛然と駆けた。

「一人増えやがった。片付けるまで、御母堂さまは蔵にでも放り込めや」

髭面の男が痼立って喚く。三人の男が敏捷に庭に飛び降りた。その男どもに向け、髭面が梅渓院を無造作に放った。

白い残影が蝶のようにひらめきながら、男どもの腕の中に消えた。受け取った三人が猥雑な笑い声を上げる。

小弥太は絶叫した。絶叫しながら、男どもに向けて駆けた。脇差に手を掛けると同時に、桐生の声がした。

「斬らねえでくれ」

苦しげに顔を歪めている。

「俺が悪《わり》いんだ。すべて俺のせいだ」

桐生が大きく半身をひねった。背後で右腕を取っていた男が、はずみで桐生の右腕を放す。桐生は傍らの痩軀の男に、転がりながら土下座をした。

「利助、頼む。梅渓院さまと、そこの有馬の家臣には手を出さねえでくれ。代わりに俺が何でもする。消しちまいてえなら、消してくれ」

利助と呼ばれた男も何故か、苦しげに桐生を見下ろしている。

「利助、今生《こんじょう》で最期の頼みだ」

「ってえっ」

梅渓院を抱えている男が喚いた。

「ちきしょう、放せっ」

押さえ込んだ腕に、梅渓院が嚙み付いている。男が腕を振り払う。梅渓院は振り回されながらも、歯を立てている。

「この女《あま》っ」

男が梅渓院を突き飛ばす。梅渓院は再び宙を飛び、地面に叩き付けられた。小弥太は三人の男どもに、怒声を上げながら摑み掛かった。

右から左から、拳が顔に入る。乱打されながら、小弥太は身をかがめ、男どもの腰に食らいつく。誰かの肘が、まともに右目に入る。激痛に右目から涙が溢れる。

小弥太は喚きながら、むしゃぶりついてきた男を全力で押した。よろめいた男が隣の男に倒れ掛かる。二人をまとめて押し出し、残る一人の喉に、振り向きざまに拳を食らわせた。

押し出された男がすぐに体勢を立て直し、小弥太に殴り掛かる。拳を躱《かわ》すと同時に、誰かに足を払われた。派手に転がった先に、うずくまる梅渓院がいた。

「――小太郎」

小弥太は懸命に半身を起こした。膝を突き、手を伸ばす。

「お迎えに上がりました。お姫さま」

梅渓院の小さな白い手を、そっと取る。己《おの》が手は泥と血でどす黒い。

「汚い手で申し訳ございませぬ」

梅渓院が静かに首を振る。髭面が喚いた。

「格好つけてんじゃねえよっ」

刹那、鈍い音が響き、男どもの悲鳴が重なった。目を上げると、桐生が仁王立ちをしていた。左手に太い角材を抱えている。

「梅渓院さまを連れて逃げておくんねえ」

「だめじゃ。桐生、お前も一緒に逃げろ」

梅渓院に、桐生は幽かに笑んで見せた。

「梅渓院さま、ここで俺は決着しねえといけねえんでさ。それが我拶《がさつ》もんの流儀でさ」

小弥太は四囲を見渡した。男どもは桐生に気圧されながらも、間合いを取ろうと構えている。ここから逃がすまいと、門を背に固まっている男どももいる。

「貴様、ここで決着するとは何ごとだ。しかも消えちまいたいとは」

「うっせえ。早く行けってんだよ。ぐずぐずしてっと、臨時廻りの連中がやって来るぜ」

桐生が角材で男どもを後退させながら、門までの道を作ろうとする。だが、男どもも角材を握り直し、間合いを詰める。

男どもが一斉に角材を振り上げ、桐生に突進する。桐生は真横に構えた角材で、押し戻そうと構える。右の肩を庇っているため、斜めに傾いでいる。

「貴様、その腕で一人でなぞ」

「いいから、早く行けっ」

小弥太は梅渓院に背を向け、しゃがみこんだ。

「お姫さま、早くっ」

「なれど」

「早くっ」

そっと首に梅渓院の腕が回る。同時に小弥太は両手を後ろに回し、梅渓院の腿を持ち上げた。これで己の両手は塞がれた。だが、これしか方法が浮かばぬ。

「敵中突破にござりますっ」

全力で駆けながら、髭面どもの中に突進した。

「どけどけどけいっ。貴様ら、ぶっ殺すぞ。どきゃあがれっ」

玄蕃頭側近の己が、文官を志す己が、博徒のような下卑た言葉を発するとは。

「くそっ、どれもこれも桐生のせいだ」

門を固めていた三人が、小弥太を迎え撃つ格好で飛び出した。乱れ飛んでくる拳や足を、小弥太はまともに食らった。こめかみに拳が入った刹那、目路が真っ黒になった。梅渓院を支える腕から力が抜ける。ずり落ちそうになった梅渓院が叫ぶ。

「小太郎、わたくしはよいから、お前だけでも逃げ――」

小弥太は懸命に頭を振りながら、梅渓院を抱え直す。

絶対に守る。

絶対に助ける。

お姫さまはこの世で唯一の、宝ものだ。脆い青磁だ。絶対に壊してはならぬ。

異様な気配を感じ、霞む目を凝らした。

桐生が咆哮を発しながら、凄まじい勢いで跳躍した。同時に大きく回転し、両手で握った角材で男どもを薙《な》ぎ払った。

「――〝風の桐生〟じゃ」

梅渓院が呟く。

あれなら、右の肩に力をこめずとも、角材を得物にできるであろう。小弥太は場違いに感心した。おかげで朦朧となった頭も少し晴れた。

門を飛び出す刹那、桐生の声を聞いた。

「小太郎さまよ、俺を救い上げてくれて、ありがとよ」

風のような声が、小弥太の背を押した。

小弥太は全力で駆けた。提灯を手にした商売帰りらしき男が、ぎょっと目を向ける。

「小太郎、桐生一人で大丈夫であろうか」

「あやつは大水でも生き残った、死にぞこないにござります。それにあれを斬るのは、某にござります」

「小太郎が成敗するのか」

「必ずや」

「無理じゃ」

梅渓院が笑った。童女のようにあどけない声だ。

「小太郎、もっと速《はよ》う駆けよ」

いつもより遥かに高い目路が楽しいのか、けらけらと笑う。懐かしい笑い声。あんなにも聞きたかった、泡《あぶく》が弾けるような笑い声。この声が聞きたくて、幼い頃の小弥太は摘んだ花や、拾ったぎやまんの欠片、小さな光る小石を次々と梅渓院に差し出した。

だが、すぐに胸の痛みを覚えた。

考えずとも身分の差、歳の釣り合い、身の置きどころ、どれを取っても成就するものではない。

己は久方ぶりの邂逅に、我を忘れていた。

この心地よい笑い声は梅渓院がくれた、たった一つの褒美だと思うことにした。小弥太は胸中で、梅渓院に呟いた。

お姫さまは、人の心は内から凍るもの、と仰いました。今、某の心は内からも外からも、冷え冷えと凍りそうにござります。

梅渓院がまた笑う。手足を童女のように、ばたつかせながら。

「もっとじゃ、〝風の桐生〟に負けぬよう走れ」

打たれた右目に寒風が沁みる。鼻にも沁みて啜り上げると、ひっく、としゃっくりのような音がでた。

七

桐生は粉砕された床の間の柱にもたれ、天井を眺めていた。

小弥太と梅渓院を逃がした後、利助は背後の仲間を制しながら問うた。

「もう一度だけ聞く。おみねと流された時のことを、本当に覚えていねえのか」

利助の顔を見返した桐生の胸を、何かが過《よぎ》った。大きな川の向こうに、懐かしい人を見つけた時のような。そこにいるのに声は届かない。決して縮められない、彼《か》の岸にいる人。

利助が目を細めている。おみねもよくこんな目をした。切なそうに目を細め、桐生を見つめていた。

桐生は目を閉じた。黒い水がうねっている。頭が割れそうな、家々が崩壊する音。ゆっくりと反転する屋根。桐生は懸命に、おみねを掻き抱いた。

ふいに、桐生の背におみねが腕を回した。胸に抱いたおみねを見下ろすと、ぱっちりと目を開けていた。

〝桐生の兄《あに》さん、ありがとう〟

〝目を覚ましたか。だがもう、俺らは駄目だ〟

〝最期にまた桐生の兄さんに抱いてもらったから、あたしは〟

二人は水の中へ叩き込まれた。顔を出そうにも、大きな屋根に覆われている。信じられないほどの深い闇が、渦を巻いている。

桐生はおみねを抱きしめながら、独楽《こま》のように渦に巻かれた。狂おしく巻かれながら、底へ引っ張られてゆく。ほどけたおみねの髪が桐生にまつわりつき、闇がいっそう濃くなる。

〝桐生の兄さんは生きていて〟

おみねが水の中で囁いた。そんな訳がない。だが、はっきりと聞こえた。生きていて。生きて、颪のように駆け上がって。桐生の兄さんならいつか、あたしがいる空まで駆けて来てくれるでしょ。

腕を引かれた。水面へ昇ってゆく。銀や白に弾ける泡沫《うたかた》が、おみねを包む。おみねはしなやかに、裾をひらめかせながら昇ってゆく。己《おの》が背に彫った龍のように。まさか。己は錯乱していたのか。

〝あたしは〟

その後に、おみねは何を言おうとしていたのだろう。

どこまでが本当か、桐生にもわからない。だが奔流のように桐生の胸に、あの時のおみねが甦った。

桐生が目を開くと、利助は瞑目したまま俯いている。

「俺が都合のいい作り話をしていると思うだろう。信じられなくて当然だ」

「おみねは」

俯いたままの、利助の喉が鳴った。

「お前に生きていて、と言ったのか」

「そんな訳ねえ。利助、桐生のくだらねえ法螺《ほら》なんかに騙されるんじゃねえよっ」

陸尺仲間の男が遮る。

「そうですぜっ。溺れ死にかけているもんが、水の中で喋るはずがねえ。てめえ、桐生っ。助かりてえからって、死人に口なしは卑怯だろうが」

末吉も怒鳴る。

利助は振り向きざまに、無言で仲間と末吉を殴った。鼻を押さえる二人の肩を抱き、利助は桐生に背を向けた。末吉が口惜しそうに桐生を睨んだ。

「桐生、俺はここで十手持ちに捕まる覚悟で来た。お前はわかってねえが、伊予守さま召抱の陸尺がこんな騒ぎで捕まれば、俺は遠島じゃすまねえ。だが気が変わった。俺は逃げる。逃げて逃げて、逃げ切って生きてやる。てめえを消したところで、おみねの慰めにはならねえからよ」

踵を返すも足を止め、迷うように眉を寄せた。

「お前を消しちまいてえと思っている、もう一人の奴に気を付けろ」

桐生の返答を待たずに、利助たちは一斉に闇に散っていった。

「これはひどい」

男の声に、はっと我に返った。ずいぶんと長い刻を、茫としていたらしい。

庭に黒い影が立っている。

「何であんたが」

絶句する桐生を、黒羽織が眺めている。

「怪我をしたか」

桐生は右腕をさすりながら首を振った。

「何だって、あんたがここにいるんだよ」

「急ぎ、有馬家上屋敷に戻られよ」

それだけを告げると、桐生に提灯を差し出した。

「――どういうことだ」

「行けばわかる。刻がない。間もなく同心らがまいるであろう。身共が彼の者らを抑えられるのは、せいぜいがほんのいっときだ」

やはり黒羽織は役人なのか。だが問う間を与えず、すたすたと闇に紛れて行った。

桐生は提灯で屋敷を照らした。甚吉らに何と言えばいい。

溜息を一つ吐くと、桐生は駆け出した。駆けながら、黒羽織は誰なのか考え続けた。筋の読めぬ寸劇でも見せられているようだ。

有馬家上屋敷の門前には、二挺《ちょう》の駕籠《かご》が並んでいた。

一挺は玄蕃頭の駕籠らしいが、見慣れた豪奢な打揚ではない。小振りな四つ手駕籠に、俄《にわ》かに簾を取り付けたような塩梅だ。それも明らかに、素人が急いで付けたような妙な格好だ。その簾は引き下げられている。前に停められた駕籠は、引戸が閉じられている。桐生は同じく小振りなその引戸駕籠に、見覚えがある気がした。

「桐生、遅いぞ」

我に返る。門の中に、玄蕃頭がいた。隣に猫を抱いた梅渓院がいる。何ごともなかったかのように、澄ましていた。

「何をしておる。早うせい」

何を言われているのか、まるでわからない。

「なれど桐生一人ではどうにもならぬな。――おい、小太郎」

袴を着けた小弥太が小走りで現れた。見事に顔中が腫れている。

「貴様、稲葉家下屋敷はどうなった。あの連中は」

「それが小太郎、もとい小弥太さま――」

有無を言わさぬ調子で、玄蕃頭が割り込んだ。

「お前たちで当家の駕籠を担げ」

「げっ」

二人で同時に呻いた。

「前の駕籠を見ればわかろう。貴人が乗っておられる。いつまで待たせるつもりじゃ。早う行け。貴人の駕籠に従いて行けばよい」

小弥太が玄蕃頭に詰め寄った。

「殿さま、有馬家の駕籠にはどなたがお乗りになっておられるのです。この無様な細工をした駕籠は、どうしたことです。それに担ぐのであれば、当家の駕籠舁がおるではありませぬか。貴人と仰いますのは、どこの御家の主君であられまするか」

「ごちゃごちゃとやかましい男よの。やはりお前は、かっちかちのこっちこちじゃ。当家の駕籠舁は皆、非番じゃ。貴人は儂の朋輩《ほうばい》。有馬家の駕籠に乗っておる者は内証」

まるで答になっていない。駕籠舁がすべて非番、もどうにも怪しい。それでは、火急の報せが入った時に、主君がまるで動けない。そんな莫迦な。

「早うせい、小太郎。駕籠くらい担げぬで、有馬家家臣を名乗るつもりか。このたわけ者めが」

玄蕃頭が苛立った声を張る。どこか小芝居じみている。

「――御意」

恨めし気な顔で小弥太は頷いた。ちらと桐生に目を向けると、何も言わずに左の肩を後ろの担ぎ棒に入れた。

すかさず小走りで現れた善之助が小弥太に、万屋が桐生に提灯を差し出した。ますます小芝居じみてきて、もはや怪しむ気にもなれない。

「しっかりおやんなよう。くれぐれも粗相のないようにね」

万屋がにやりと笑って耳打ちをする。その向こうで、善之助が小刻みに頷いている。

何だよ、こいつらもグルだったのかよ。

「小太郎、もとい小弥太さま、左で大丈夫ですかい」

「貴様の右腕は使いものにならぬ。黙って駕籠を担げ」

梅渓院が猫を玄蕃頭に押し付け、二人に歩み寄った。

「なんとも男前で豪奢な我拶もんどもよの。気を付けてまいれ」

前に停めてあった駕籠が持ち上がった。桐生も慌てて左肩を入れ、駕籠を上げた。思ったよりも、はるかに軽い。あえて町駕籠みたような細工をしたこの駕籠に、誰が乗っているのだろう。

「小太郎、もとい小弥太さま。いってえ、これは何ごとですかい」

「もう小太郎でよい。覚えの悪い貴様が言い直す度に苛立つ。某とてわからぬ。わかっておるのは、どれもこれも貴様のせいだ、ということだ」

背後から、小弥太が不快そうに言い放つ。

桐生は努めて小弥太の息に動きを合わせた。悪くない。どころか、慮外にも息を合わせやすい。龍太と担いでいるようだ。

慣れないはずの、左肩での運びが案外と楽なのにも驚いた。

「そうか。普請で――」

稲葉家下屋敷の普請で、柾運びを幾度も繰り返した。左肩に担ぎ、棒手振《ぼてふり》のように、くるくると庭を駆け回ったことが鍛錬になっていたらしい。思い出すと、とたんに喉の奥が苦くなった。

「小太郎さまよ、稲葉家下屋敷は棟梁の甚吉さんに頼んで、必ず元通りにしやす。堪忍しておくんない」

しばしの無言の後、小弥太が低い声で応えた。

「玄蕃頭さまは、気にするでないと仰った。まったくどこまで貴様に甘いのか。貴様が一刻も早く消えて、有馬家が元通りになることが某の願いだ」

「どいつもこいつも、俺に消えやがれと言うけどよ。俺ぁ、死んで詫びたりしねえ。みっともなく生きて詫びると決めたんでえ。でねえと、あんまりにも卑怯だろうが」

「何を言っておるか、てんでわからぬ。貴様なぞ、お救い小屋で見つけなければよかった」

「梅渓院さまに袖にされたからって、俺に八つ当たりすんなよ」

「貴様っ」

小弥太が右手で桐生に摑みかかろうとしたらしい。駕籠が大きく揺れた。

「おいおい、小太郎さまよ、担ぎながら喧嘩をおっぱじめる陸尺がどこにいるんでえ。落っことしたら一大事ですぜ」

「黙れ、某は陸尺なぞではない」

駕籠の中は静まり返ったままだ。揺らした詫びを言おうにも、誰が乗っているのかわからない。とりあえず「揺らしちまって申し訳ございやせん」と声を掛ける。返事はない。

前を行く駕籠の歩みが緩み始めた。桐生も足を緩める。小弥太が器用に歩を合わせた。

門の奥は、かなり格のある者の役宅、といった趣だ。

前の駕籠が、音もなく下ろされる。桐生と小弥太も、静かに駕籠を下ろし、肩を抜いた。

「わざわざお越しいただき、誠に恐悦にございまする」

門の中から、太い声が届いた。どこかで聞いた声だ。それも、ついこの間。

駕籠の引戸を駕籠舁が手際よく引いた。桐生も慌てて有馬家の駕籠の簾を巻く。

「本来であれば、某が出向くべきところ、重ねて御礼を申し上げまする」

太い声が恐縮しながら、門の外に出た。引戸駕籠の中の者は、よほどの貴人なのか。

桐生は低頭しながら、男の足許を眺め、そっと目路を上げた。とたんに、声を上げそうになった。

勝手方勘定奉行、若狭守だ。

駕籠から出て来た姿を見て、今度は腰を抜かしかけた。

「玄蕃頭どのから沙汰を得た上で参らねばならなかった。身共がこちらに向かったほうが早い。気にせんでよい」

鷹揚に応えたのは、高家肝煎の壱岐守だ。一斉登城の日に龍太と共に担ぎ、盛大に振り上げた相手だ。

「若狭守さま、大変長らくお待たせしまして、ほんに申し訳ござんせん。堪忍しておくんなさんし」

艶のある声が、玄蕃頭の駕籠から立ち上がった。もう振り向かなくとも、わかる。

粧香が雅《みやび》やかに褄を取りながら、進み出た。

八

小弥太は惑乱のあまり、眩暈を覚えた。

これが悪名高きにして、粧香に籠絡された若狭守か。それにしても何故、ここに高家肝煎まで登場するのだ。

一つ閃いたのは、玄蕃頭が登城する度に、やたらと沙汰を持って帰って来た経緯《ゆくたて》だ。城に親しい者がいる風を匂わせながらも、その名は決して明かさなかった。

「――壱岐守さまであったか」

粧香を認めた若狭守の眉間に、皺が寄る。

「すでに臨時廻りから沙汰が届いておる。また稲葉家の騒動じゃ。先《せん》に赦免を与えた、身共の立場はどうなる。左近将監さまに顔向けできぬ事態にしおって。壱岐守さまをまた動かしおっても、此度ばかりはどうにもならぬ。稲葉家は今度こそ取り潰しじゃ」

「いやさ、悪いのは俺で」

桐生が声を上げると同時に、粧香が睨みつけた。小弥太は粧香の目を見て、とっさに桐生の肩を摑んだ。桐生に首を振って見せ、粧香に目を戻す。

粧香が幽かに頷いた。小弥太も頷き返す。桐生はもとより有馬家臣の己とて、口出しはできぬ。ここはその仔細はわからぬが、再び玄蕃頭の名代を務め仕った、深川芸妓に任せるしかない。

桐生も粧香の表情を読んだらしい。口を噤んだ。

若狭守に顔を戻した粧香は、小首を傾げて見せた。

「私っちは若狭守さまに、落としどころを用意して参りましたのさ。若狭守さまを、お守りしに来たんでありんす」

「何をほざきおる。お前は身共に恩義を立てるとほざいておったが、まるきり逆ではないか。身共は二度と、お前に放免なぞ与えぬ。恩を仇で返すとはこのこと。相応の覚悟はできておろうな」

粧香が軽く手を挙げ、若狭守を制した。

「お待ち下さい。それがために、従四位上の壱岐守さまが出張られたのでありんす」

駕籠昇が壱岐守に杖を差し出した。杖を操りながら、壱岐守が頷いた。

「玄蕃頭どのに乞われては、断れぬからの」

大儀そうに腰を伸ばしながら、厳かに若狭守に告げる。

「稲葉家下屋敷で暴れおった連中は、伊予守どのお抱えの陸尺じゃ」

若狭守が目を見開いた。

「何と。伊予守さまといえば」

粧香が軽やかに言い放つ。

「若狭守さま、お抱えの陸尺を江戸追放にするよう、伊予守さまへ進言して下さんし。壱岐守さまからの御助言があった、という筋書きで。老中であられる左近将監さまにも、文句はありますまい」

若狭守が口をへの字に曲げた。

「何を莫迦な。高家肝煎は老中の配下。左近将監さまが呑むはずが――」

「官位は壱岐守さまが上でありんす」

小弥太は、がくりと肩を落とした。これが玄蕃頭の描いた落としどころなら、あまりに横紙破りな論法だ。ただ何故か、粧香はうっすら笑みを浮かべながら勢いづいてゆく。

「聞けば伊予守さまは、玄蕃頭さまと壱岐守さまと昵懇の仲だそうですぜ。伊予守さまはさっさと陸尺どもの江戸追放を受け入れるに決まってらあな。厄介な連中を追い払っちまえば、何ごともなかった顔で皆が勤めに戻れる、つう寸法さ。いくら配下といったって、左近将監さまにとっちゃ藤原北家日野流は目の上のこぶ。親鸞上人が末裔の進言を足蹴にする莫迦が、どこにいやがるってえのさ。寝覚めが悪くて敵わねえ」

若狭守は眉を寄せて、あらぬほうを睨んでいる。

「のう若狭守さま、よっく考えておくんねえ。嘘だ真だと制裁するのは御白州だが、ここは若狭守さまの御庭。くそまじめに御公儀へ届け出たところで、いってえ誰が得をするんですかい。真よりも義よりも、損得を取るのも時には大事だってこたあ、若狭守さまが誰よりも、わかっておいでござんしょう」

若狭守に顔を寄せ、粧香は殺し文句のように囁く。

「どのみち《市村座》騒動からこっち、左近将監さまは陸尺がらみの騒ぎなんざ、心底うんざり。

余計な話を持って行きゃあ、若狭守さまがとばっちりを食らいますぜ」

若狭守が、力任せに粧香の肩を押し戻した。こめかみが震えている。

「黙れ黙れっ。聞いておれば、でたらめな筋書きばかりをほざきおって。かように不穏当な道理が通ると思うておるのかっ」

万事休すだ。小弥太は思わず天を仰いだ。若狭守は顔を真っ赤にして怒鳴り続ける。

「誰が何と申そうが、此度は堪忍ならぬ。稲葉家は改易、暴れた陸尺どもは皆、死罪じゃっ。すぐに臨時廻りと下っ引きを江戸中に放ち、引っ捕らえさせようぞ」

ここは己が出るしかない。土下座をしたところで、どうにもなるまいが、有馬家にまで咎が及ぶ事態は避けねばならぬ。

やはり芸妓風情に名代が務まるわけがない。一度は上手く若狭守に矛を収めさせたがために、玄蕃頭は見誤った。だから己に任せるべきだったのだ。

いっそ、この芸妓も御白州に突き出せば、少しは若狭守も治まってくれるだろうか。

がんっと鈍い音が響いた。とっさに小弥太は顔を戻す。

粧香が左足を大きく上げ、若狭守の背後にある松の幹に黒塗の駒下駄ごと打ちつけていた。紅い蹴出しがまくれ上がり、左腿に彫られた観音像が見えた。

目の前の光景が信じられぬ。何という無礼な真似を。小弥太は思わず声を上げた。

「貴様っ、芸妓っ、いい加減にし——」

飛び掛かろうとした小弥太の肩を、今度は桐生が摑んだ。

「放せっ」

桐生の手を振りほどく刹那、桐生の左腕が首に巻き付いた。小弥太の首を締め上げるように、腕に力を籠める。

「くそっ、貴様っ、邪魔をするな――」

「黙ってろ」

桐生が耳もとで囁く。初めて聞く、凄みのある声だ。

「俺ら素町人《すっちょうにん》の底力を、とくと見やがれ」

粧香が曲げた左膝の上に、左肘を乗せる。そのまま若狭守を掬い上げるように見据えた。

「のう若狭守さま、私っちの観音さまを覚えておいでかえ」

応えぬ若狭守に構わず、粧香は独り言のように語り始めた。

「私っちが何故、有馬の殿さまの名代を務めているか、しがねえ深川芸者の戯言《ざれごと》を聞いておくんなさんし」

深川は羽織芸者の祖を、若狭守さまはご存じありますまい。私っちらがおっ母さんと呼ぶ〝深川の菊弥《きくや》〟ってえのがそれさ。おっと、本当の母親じゃない。菊弥母さんは元禄《げんろく》のお生まれさ。

そうさ、この観音さまが菊弥母さん。今じゃ私っちと、一心同体って訳ですのさ。

生まれは芳町《よしちょう》。三味《しゃみ》がたいそう上手くて、旦那衆の座敷にひっぱりだこだったんだが、芳町じゃあ陰間《かげま》の縄張《シマ》を荒らす、ってんで深川へ追いやられたのでござんす。

ちょうど永代新田《しんでん》に富ヶ岡八幡宮さんが建立された頃でさ。でもあの頃ぁ、永代橋なんざなかった。深川界隈は永代島なんぞと揶揄されるくらいでね、船で渡ったものでさ。

菊弥母さんが移ってから、参拝客に交じって贔屓にする旦那衆が増えてきた。みるみる門前には茶屋が増え、仲町になった。そうさ、門前仲町を造ったのは、菊弥母さんと言っても、ちっとも大袈裟じゃねえのさ。

今じゃ芸者といえば吉原《よしわら》、なんざもてはやされているが、吉原の芸者衆よりも、うんと前から深川芸者は意気と芸を売っておりましたのさ。

のう若狭守さま。御役人だって、殿さまだって御家来衆だって心労苦労はあらあな。深川ってえのは、船でしか行けなかったが、そこがよかったのさ。窮屈な江戸からいっとき放たれて、粋な芸者衆と勝手気ままに夢の中で遊べる、極楽みたような町だったのさ。

その極楽は、大水で消え失せちまった。私っちら芸者衆の張りと矜持と、莫迦な男どもへの、ちっとの恨みでできていた極楽は沈んじまった。

私っちには妹分の半玉《はんぎょく》がおりましてね。名をお志津と申しまさ。桃割にいつも、私っちのお古の紅い牡丹の簪を挿していた。新しい簪を買ってやると言ったけど〝あたしは粧香姐《ねえ》さんのお古がいいの〟と離そうとしなかった。

私っちが麻布の、とある旗本屋敷の祝言《しゅうげん》に呼ばれた日のことでさ。酔っぱらったご隠居に抱き付かれて、私っちは足を捻っちまった。外は大雨。〝せめて雨が上がるまで養生してくれろ〟と酔いが醒めたご隠居に勧められるままに、ご厄介になった。

お志津のいる置屋の男衆《おとこし》が、何度か深川の様子を報せに来てくれた。〝深川も雨続きでどうにもならねえ。お座敷どころじゃねえですぜ〟ってね。

葉月二日、男衆は来なかった。二日経ち、三日経っても誰も来ない。私っちは薄々、わかっていましたのさ。

私っちが辿り着いた深川は、一面が泥沼だった。お志津がいた置屋の辺りに、一本だけ柱が残っていた。斜めに傾いだ柱に、紅い何かが見えた。近づくと、柱に刺さった牡丹の簪がひっそりと、風に揺れておりんした。私っちが挿してるこの簪《かんざし》がそうさ。

大水の勢いで刺さったのかもしれない。けど、私っちはわかる。流されるお志津が、とっさに刺したんだってね。そん時、お志津が何を思っていたのかも。

雲の上にゃ、とんでもねえ下衆《げす》な、真っ黒な化けもんがいるらしい。今度は菊弥母さんに代わって、私っちが一から深川を生き返らせてやらあな。それがお志津の、いやさ深川の仇討ちにござんす。

私っちに玄蕃頭さまは静かに深く、頷いてくださった。そうして私っちに、有馬家と稲葉家へご恩返しをする機を与えてくださった。故に私っちは、若狭守さまへの名代として罷り越すことができましたのさ。

玄蕃頭さまがお持ちの意気の名を、若狭守さまとて、おわかりにござんしょう。それを私っちは純、と呼んでおりますのさ。

おう若狭守さまよ、こんな時に指一本で、人の命を左右している場合か。さらに死人を増やしてどうするつもりだい。若狭守さままで、下衆な化けもんに成り下がろうってえのかい。

のう、御前さまにも純はおありでござんしょう。素町人どもに、今こそ若狭守さまの純を見せてやっておくんない。

粧香が静かに足を下ろした。裾を直しながら、おもむろに腰を折った。

「咎を下すなら、たった今、無礼を働いた私っちだけにしておくんなさんし」

腰を折ったまま、粧香は動かぬ。若狭守が大きく息を吐いた。

「ここいらにも女狐が出るとはの」

ふいと壱岐守へ向き直り、頭を下げた。

「寒い中、長いこと御無礼を仕りました。茶を点《た》てさせます故、どうぞ中へ」

顔を戻すと、腰を折ったままの粧香の肩を軽く叩いた。

「身共はこれでも、古い歌をよう知っておる。数少ない身共の慰みだ」

懐手になると、慮外にも柔らかな声で口ずさんだ。

「〝松坂《まつざか》越えて、やっこの此のこの、はつあよいやさ、ここに一つの口説きがござる〟」

粧香は幽かに目を瞠《みは》り、すぐににっこりと笑んだ。

「伊勢《いせ》おどり、私っちのおはこでござんす」

「お前の三味線で唄うのも、悪くないやも知れぬ」

若狭守は丁寧に壱岐守を誘《いざな》いながら、役宅の玄関へ向かった。粧香も続く。

ようやく桐生が腕を緩めた。緩めるまで、小弥太は締め上げられていることを忘れていた。

「貴様――」

摑み掛かろうとして、手を止めた。己の指が細かく震えている。代わりに呟いた。

「あの芸妓は図太い」

ちょっと迷って、付け加えた。

「これは褒めておるのだ。思い違いをするな」

また少し考えて言葉を継いだ。

「いや、思い違いをしていたのは某だ。粧香は色を売るしか能のない女だと見くびっていた。――すまぬ」

桐生はてんで聞こえぬ風に、しんと闇を見つめている。

せっかく謝ったのに。小弥太は思わず厭味を投げつけた。

「頭が悪いくせに、何を考え込んでおる」

「結句、利助たちは助《す》けられたのかも知れねえ、と思ってよ。皆で利助たちを穏便に逃がす算段をしてくれる訳だろ」

桐生が星を見上げながら、呟いた。

「利助、おみねをおぶってどこまでも走っていけよ」

「また訳のわからぬ戯言をほざきおって」

「うっせえな。小太郎さまが助平心丸出しのいやらしい顔で、梅渓院さまをおぶうのとは訳が違うんだよ」

「貴様っ」

摑み掛かった時、門の中が賑やかになった。ほどなくして壱岐守を先頭に、若狭守と粧香が現れた。

「お早いお戻りで」

桐生を認めた壱岐守は、しばし考え込んだ後、嫌な顔をした。

「またお前か。どこかで聞いた声だと思うておったが。あの時、我拶もんなぞと偉そうに抜かしおった駕籠舁めか」

「いやさ、あん時ぁ、失礼をしやした」

「お前には、二度と逢いとうなかった」

まるで気にせぬ風に、桐生が問うた。

「何だって、玄蕃頭さまと昵懇なんですかい」

渋々と壱岐守が応えた。

「算術を習《なろ》うておるのじゃ」

「算術、ですかい。壱岐守さまが、玄蕃頭さまから。へええ」

「かように面白い学問があるとは、知らなんだ。伊予守どのも加え、ごく内輪に三人で集まるのじゃ。算術を習う代わりに伊予守どのは茶の湯の手ほどきを、儂は親鸞の説法を聞かせておる。お前のような我拶もんには、わからぬじゃろうが」

「我拶もん、つう言い回しが板に付いてきなさったね。結構、気に入っていらっしゃるんでしょ、ほんとは」

小弥太は首を傾げた。若狭守が言った「伊予守さまといえば」の意味だけがまだ、判然とせぬ。

「桐生、このぼんくらが。突っ立ってないで、さっさと壱岐守さまが駕籠にお乗りになるのを手伝ったらどうなのさ」

粧香の声に、桐生は慌てて手を差し伸べる。その手を壱岐守が杖で弾き返した。

「無用じゃ。お前とはもう関わらぬ。碌なことにならぬからの」

「我拶もんの流儀についても学びたくなったら、いつでも声を掛けておくんない。玄蕃頭さまもそうとうなもの好きだから、きっと喜びやすぜ」

やはり、こいつは無礼で固陋《ころう》の莫迦だ。小弥太は大口を開けて笑う桐生を睨み付けた。

終章

一

稲葉家下屋敷の修繕が再び始まった。

桐生の顔なぞ見たくもないが、小弥太は非番の日に、それとなく屋敷を見に行くようになった。またどこぞの陸尺連中が、蛮行を働かぬための用心だ。

だが桐生が汗だくになりながら、左肩で天秤棒を担ぐ姿を見ると、何となく足が止まってしまう。

その日も、こっそり見に行くと、修繕は休みのようだった。しんと静まり返り、泊まり込みで番を張る桐生もおらぬ。

「湯屋にでも行ったか」

朝から重い雲が垂れ込める日で、春が近いせいか妙に蒸す。いつ降り出すか知れぬ空では、修繕も休むしかないのだろう。

門からちら、と庭を覗くと影が動いた。

「何だ」

影は身を低めながら、屋敷の中を窺っている。あの夜、小弥太が駆け込むと同時に、門から逃げた男に背格好が似ていた。

「おい、お前っ。何をしておるっ」

声を張り上げたとたん、影が跳ねた。同時に庭を駆け出す。門に小弥太が立ちはだかっているのを見ると踵を返し、塀に取り付こうとした。

「待て、何奴っ」

両手で塀にしがみ付き、振り上げようとしている男の両脚を押さえ込んだ。力まかせに引きずり下ろす。二人で地面に転がった。

「貴様、ここをどなたの御屋敷と心得るっ」

男に馬乗りになり、両腕を膝で押さえた。

「貴様は」

やはり見覚えのある顔だ。どこだ。あれは――。

「《市村座》に桐生と乗り込んで来た奴か」

小弥太を見上げる男の力が失せた。足を投げ出し、顔を歪める。まともに食っておらぬのか、あの時よりも随分と頬が削げている。

「貴様、翔次と呼ばれておった奴であろう」

翔次の目尻から、涙が伝った。小弥太が身を離しても、そのまま空を見上げている。

「おいら、桐生を裏切っちまいやした」

ぽつん、と頬に雨粒を感じると同時に、翔次が呟いた。

「大水で母親が流されちまって。弟妹と逃げやしたが、陸尺《ろくしやく》の仕事がねえもんだから一膳飯屋で手伝いをして、食いつなごうとしやしたが、続かないんでさ。おいら、客商売に向いてないから」

翔次に白い雨が降りつける。小弥太はその場に片膝を立てて座り込んだ。

「それに桐生が何故、絡むのだ」

「すぐに中座配になれる、と桐生は言ってくれやした。けど弟妹たちを抱えていれば中座配でも暮らしは苦しいんでさ。けどおいらには、上大座配《じょうだいざはい》に上がれる才なんかねえ」

翔次の目尻から、また涙が伝う。

「桐生なんか消えちまえばいい」

いきなり半身を起こし、小弥太を見据えた。

「桐生は有馬家の庇護を受けて、のうのうと暮らしていやがる。おいらはあぶく銭の仕事で、どうにもならねえのに。あいつは相変わらず、己の天下みてえな面で歩いてた。暖気《のんき》な顔で、あちこちの居酒屋のお女将や前垂の娘たちに軽口を叩きやがって。いつまでも口下手なおいらが、続かない客商売に四苦八苦してるってえのに。だからおいらは、決心した。おいらが、おいらがいっそ上大座配より上の、おかご――」

気付けば翔次に拳を繰り出していた。翔次の胸ぐらを摑み、前後に揺する。

「貴様、とんだ言い掛かりだっ。確かに屋敷に置かれた当初はどうしようもない穀潰しであったが、彼奴《きやつ》は商売道具の右腕が利かなくなった上に、陸尺仲間に襲われたのだ」

そこで気が付いた。

「貴様が陸尺連中に、この屋敷を襲うように仕向けたのか」

翔次は俯いたままだ。

「貴様はずっと、桐生を尾けていたのであろう。稲葉家下屋敷で番をしていると知り、あいつらに居場所を教えた。あの晩、だから貴様は門に隠れておった。騒ぎが表沙汰になれば、陸尺連中は重い咎を受ける。ついでに、あの陸尺連中も、追い払えると踏んだのだ」

「やっぱりな」

背後の声に、小弥太は振り向いた。翔次も、はっと顔を上げる。

桐生が手拭を肩に立っていた。

「利助に言われたんでえ。〝もう一人の奴に気を付けろ〟ってさ。あん時に何となくわかったよ、翔次だろうってな」

小弥太は翔次を、力まかせに立ち上がらせた。桐生へ向け、思い切り突き飛ばす。

「貴様を裏切ったのだ。制裁するなら、某《それがし》が立会人になろう」

「小太郎さま、そいつはちっと大仰だぜ」

「なれど、この屋敷とて、こやつのせいで」

桐生が翔次の前に進み、俯く顔を下から覗き込んだ。

「翔次の望みを当ててやるよ。御駕籠之者《おかごのもの》だろ。さっき、言い掛けてたもんな。それによ、二人で《市村座》に駆け付けた時のこと、覚えてるか。お前《めえ》はこう言ったんだ。〝桐生なら、きっといずれ〟。あの先は、御駕籠之者になる、って言いたかったんだろ」

小弥太はすべてが、すとんと収まった気がした。

御駕籠之者は、御公儀が召し抱える陸尺だ。二十俵二人半扶持で、常に百五十人ほどが置かれる。その格は、上大座配の遥かに上を行く。

世襲制だが、跡取りがおらぬ家や、男子《おのこ》に恵まれても背丈が足りぬ場合は養子を取る。そこに入り込み、あわよくば御駕籠之者頭《がしら》に昇り詰めようと狙う陸尺は多い。御駕籠之者頭は、三人しかおらぬ重役だ。御駕籠之者を統べるのは御駕籠之者頭と目付であり、目付は若年寄の配下だ。

小弥太は思わず呟いた。

「利助は若年寄である伊予守さまの陸尺だったのか」

若狭守が言った「伊予守さまといえば」の意味が、やっとわかった。御駕籠之者を統べる伊予守が、召抱の陸尺から咎人を出す訳にはゆかぬ。江戸追放に、さっさと皆が同意したのも得心がいった。玄蕃頭の描いた筋書が、ようやく見えた。同時に、粧香はわかっていたと悟った。

「御駕籠之者に翔次は、どうしても食い込みたかったんだろ」

桐生の言葉に、翔次はますます項垂れた。

「そりゃあ、俺が邪魔だろうさ」

けろりと桐生が笑う。

「貴様、笑っておる場合か。さっさと翔次を番所に突き出せ」

「そんな真似はしねえよ」

桐生は翔次の肩を、軽く揺すった。翔次が真っ赤な目を上げる。

「てえしたご執心だよ。そこまでして伸し上がる根性なんざ、俺にはねえからな。見ろよ、小太郎さまも感心なさっているぜ」

「なっ」

桐生が莫迦過ぎて絶句する。

「なあ翔次、俺にもやっとわかったぜ。《市村座》で、お前も陸尺連中を治めようと走り回った。けどよ、爪弾きにされたのは俺だけだ。あの騒動の後、お前はすぐに利助に取り入ったんだろ。だから陸尺の仕事にはぐれなかったし、俺の前から姿を消した」

桐生の笑みに、揶揄する気配はまったくない。

「利助が言ってたぜ。俺とおみねが流されるところを見た奴の話を伝え聞いたと。お前も利助を手伝って、おみねの沙汰を探してたんだろ。そしたら、何と俺と一緒に流されたと知った。利助を焚き付けるには、うってつけの話だ。で、利助は伊予守さまお抱えの立場を捨てる覚悟で、俺んとこに乗り込んだ。妹の仇を討つためなら、何だってする。そういう奴の性分を、お前は見抜いてたんだろ。けっこうな策士じゃねえか。そんだけお前も本気なら、ぜってえに出世すらあ。目障りな奴は、蹴り落とすのが理《ことわり》だもんな」

「おいら、陸尺は辞める」

掠れた声で翔次が呟く。

「こんな罰当たりな奴が駕籠に触ることは許されねえ。利助たちにも悪《わり》いことをした。おいらのせいで、利助たちは江戸を追われた。おいら、今日は桐生にすべてを話して、詫びようと思って来たんだ」

「桐生、騙されるな。詫びなぞ、こやつの姑息な方便だ。この愚か者は、いくら詫びても許されぬ真似をしたのだ」

桐生はばんばんと、両手で小弥太と翔次の肩をどやしつけた。

「利助たちは、あれでよかったんだ。陸尺だってよ、格好つけてたってどうしようもねえてめえを、持て余すこともあるんだよ。この小太郎さまなんかよ、女みてえな面ぁして、肚ん中はとんだ助平野郎なんだぜ」

「桐生、貴様っ」

「なあ、翔次。俺が陸尺を降りる。俺が付けられるけじめは、それしかねえからな。だから俺に詫びなんざ入れるな」

翔次の額にくっつくほど、桐生が顔を寄せて囁く。

「踏ん張れよ。〝風の翔次〟を、俺に見せてくれよ」

無言のままの翔次の肩をまた叩き、あっさりと背を向けた。

「よう小太郎さま、腹ぁ減ってねえかい。親仁さんに教わった、玉子ふわふわの美味い店があるんでえ。奢ってやらあ」

翔次に目を戻し、にかっと笑った。

「龍太が戻って来たら、俺がいなくて寂しがるだろうな。そん時ぁ、お前がちっとは構ってやれよ。ま、あいつは御駕籠之者、っつう器じゃねえけどよ」

何かを問い掛けようとした翔次を遮り、桐生は背を向けながら続けた。

「俺がどこに行くかなんざ、聞くな。龍太が知ったら、追っかけて来ちまうからな。来ちまっても、俺はもう、あいつの相方じゃねえよ」

「桐生、待って」

翔次に応えず、馴れ馴れしく小弥太の肩を抱いて門に向かう。その手を叩き落としながら、小弥太は嚙み付いた。

「貴様はぬるい。あんな目に遭わされておきながら、何が踏ん張れ、だ。だから付け込まれるのだ」

「俺がいいって言ってんだから、いいんだよ」

「貴様ほどの莫迦を、某は見た覚えがない」

「小太郎さまも莫迦莫迦って、莫迦の一つ覚えかってんだ」

「しかもけじめとは何だ。愚かな貴様らしくない」

「いいんだよ。俺の花道は、ちゃんと用意してあらあ」

莫迦のくせに、謎掛けめいた科白《せりふ》を吐く桐生にうんざりした。さっさと有馬家上屋敷に戻ろう。

小弥太は踵を返した。

朽ちかけながらも懸命に春を待つ梅の下で、翔次が桐生の背を見つめていた。声に出さず、何かを幾度も呟いている。小弥太は、すぐに目を逸らせた。

桐生には告げなかった。桐生がもし翔次を振り返っても、ただ笑って手を振るだけとわかっていた。

二

修繕が終わった稲葉家下屋敷を仰ぎながら、桐生は大きく息を吸い込んだ。

「これでおさらばか」

「桐生の兄《あに》さん、どこかに行っちゃうのけ」

振り返ると、甚吉の末弟子がぽかんと見上げている。

「さあな」

「あのね」

十になったばかりの末弟子が、背伸びをして耳打ちしようとする。腰をかがめた桐生に、こしょこしょと囁く。

「三平の兄さんが、修繕を一番《いっち》はりきってたんだよ。滅茶苦茶に壊されて、他の職人はうんざりしてたけど、棟梁と三平の兄さんは、きりきり働いてた。桐生の兄さんが謝った時、三平の兄さんは不知顔《しらんかお》をしてたでしょ。でもほんとはね、ずうっと気にしてたんだ」

残った木材を、黙々と大八車に積み込む三平を盗み見た。気付いた三平と目が合う。すぐに三平は目を逸らし、「小太郎、何をしてやがる。こっち来て手伝え」と声を張り上げた。

「修繕をきっちり仕上げれば、桐生の兄さんと仲直りができると思ってんだよ。だから仲直りしてあげてね」

末弟子が駆け出そうとした。その肩を掴んで止まらせた。

「おい、お前は小太郎、っていうのか」

末弟子は不満げに頰を膨らませた。

「やだなあ、ずっと一緒に普請をしてたのに」

「悪い、悪い」

小太郎を放しながら、桐生は笑って声を掛けた。

「いい名だ。小太郎って名の奴に悪い奴ぁ、いねえよ。名を大事《でえじ》にしろよ」

小太郎は意味のわからぬ顔をしている。

その後ろで、甚吉も大工道具を片付けている。きちんと礼を言ってなかったな、と桐生が足を踏み出すと同時に、甚吉がたいそう通る心地よい声を上げた。

「いよおぅうぅい。やぁるぅうぅよぉぉ」

三平がすぐに応える。

「いぇえぇ。よぉぉぉう」

棟上げや寿の日に唄う木遣《きや》り唄だ。若い衆も一斉に三平と声を合わせた。

桐生は深く深く、甚吉と三平に頭を下げた。そのまま門を飛び出す。大工衆の歌声は風に乗り、桐生の後を追い掛ける。

有馬家上屋敷の方角に駆けた。袖《そで》ケ浦《がうら》の堀沿いで足を止め、潮の香りを吸い込みながら水面を眺めた。今日は逢えそうな気がしている。

人気《ひとけ》もまばらな通りを幾度も行き来した。だが、目当ての姿は見つからない。

「今日は外れかな」

と、細い路地に入る角に、黒い姿を見つけた。

黒羽織が佇んでいる。とうに桐生を認めていたが、そこから眺めていたらしい。

「よう、探したぜ、黒羽織さんよ」

桐生が声を掛けると、黒羽織が路地の陰から出て来た。

「某を探していたとは、珍しい。首尾は上々、といった顔だ」

「おかげさんで。あん時、あんたが有馬家上屋敷へ行けって報せてくれたからな」

言葉を切り、黒羽織を見つめた。

「礼を言うぜ、御駕籠之者頭さんよ」

黒羽織は幽かに目を細めた。

「あんたがただもんじゃねえ、くらいは思ってたけどよ。ようやっと腑に落ちたぜ」

黒羽織も堀を眺めながら呟いた。

「ならば、某の用向きもわかるであろう」

「何となくね」

そぞろ歩きのような調子で、黒羽織が歩き出す。桐生も後に従った。

「御駕籠之者の中に、男子を授かれなかった家がある。養子に迎えるには、上大座配を務められる体と力を持った者でなければならぬ」

名家の家臣とでも思ったか、擦れ違う商人が黒羽織に丁寧に頭を下げた。

「桐生どのの仕事を、某は評しておる。なれど、口の利きかた、大名や旗本への態度に難色を示す者も少なからずおる。故に大水の後に桐生どのが有馬家上屋敷に入ったと聞き、某は安堵した。玄蕃頭さまは英明である上に、伊予守さまと懇意である。――ようやく昨日、桐生どのについての評議を行った」

「で、どうなったんでい」

黒羽織が、ゆっくりと振り向いた。

「養子に入り、御駕籠之者を務めてほしい。桐生どのであれば、いずれ公方さまの乗物を担ぐことになろう」

桐生は足を止めると、大きく笑って見せた。

「ありがてえ話だ。何たって、陸尺の頂《いただき》だもんな。公方さまの乗物を担げるんなら死んでもいい、と思う陸尺は後を絶たねえ」

「引き受けるか」

「すまねえが無理だ」

黒羽織の表情は変わらない。

「断る仔細を聞かせて貰おう」

「思い違いをしねえでおくんない。断る、てえと語弊がある。やろうにもできねえ。右腕がいかれちまった。そんな体じゃ、公方さまに失礼だろ」

黒羽織は漣《さざなみ》が粒となって光る水面へ、また目を向けた。

「それに俺ぁ、これからちっとでかい仕事をする」

黒羽織が小さく息を吐いた。

「惜しいな。桐生どのは何年に一人も出ぬ俊秀な陸尺。伊予守さまも玄蕃頭さまから、桐生どのを熱心に推挙され、乗り気になっておられた。それに」

黒羽織はそこで口を噤み、幽かに頬を緩めた。

「桐生どののような陸尺を、案外と公方さまはお気に召すやも知れぬ」

「へええ、今の公方さまってえのは、結構もの好きな野郎なんだな」

桐生は居住まいを正し、黒羽織に頭を下げた。

「図々しいのは承知だけどよ、一つ聞いておくんない」

黒羽織は懐手で、静かに桐生の言葉を待っている。

大丈夫だ。桐生は確信した。

この男には、上役にありがちな傲慢さも、保身に走る卑しさもない。誠意を以《もっ》て勤めれば、誠意を返す度量を持っている。

「俺とつるんでいた陸尺がいる。そいつは十九になった。まだ若《わ》えけど、背丈も充分にあるし、もっと伸びるかも知れねえ。気立てもいいし、様子も悪くねえ。小さい弟妹の面倒を懸命に見る、優しい野郎なんだよ。何より、俺を蹴り落とそうと謀るくれえ、胆が据わってやがる。一度、逢いに行ってくんねえかな。江戸抱《えどかかえ》の陸尺連中に聞けば、すぐにわかる。あんた、俺を見い出したんだ。目は確かだろ」

最後は冗談のつもりだったが、黒羽織は笑わない。深慮した顔付きで小さく頷いた。

「よかろう。桐生どのにそこまで言わせる陸尺であれば、確かやも知れぬ」

「それと、もう一つ」

黒羽織の横を通り過ぎざま、囁いた。

「あんたが、利助たちを穏便に逃がす手引きをしてくれたんだろ。伊予守さまの命《めい》で」

黒羽織に向き直り、きっかりと腰を折った。

「恩に着るぜ」

桐生は走り出した。風が甘い。春は近い。

三

稲葉家の使用人たちが、下屋敷に家財を運び始めた。番人の役を御免になった桐生は、有馬家上屋敷の足軽長屋に舞い戻った。だが、すぐに出て行くつもりだ。

「あんたも落ち着かない性分だよう。ま、あたしはあんたがいると面白いからいいけども」

呆れながら、万屋は寝床をあてがうと長屋を出て行った。桐生は縁側に足を投げ出し、宵の風を受けていた。

でかい仕事をする、と啖呵を切ったはいいが、難題がある。

「――どうしたもんか」

独り言ちていると、腰高障子の外に気配を感じた。同時に、勢いよく開かれる。

「何だい何だい。きったねえ部屋だね。ああ臭い」

粧香が鼻に皺を寄せ、顔を出した。薄桃の小花を散らした小袖に、見慣れた男ものの羽織を纏っている。手には風呂敷包と三味線箱がある。

「こんな汚い部屋、上がったとたんに足が腐っちまう。ところで私《わ》っちは、今日で有馬家上屋敷をお暇《いとま》。それを言いたかっただけさ。じゃ」

呆気なく粧香が背を向けた。

「粧香、次のねぐらが決まったたか」

「言ったろ。私っちが深川を生き返らせる、って。振舞茶屋も少しずつ建ってきてる。べんべんと長居する謂れはないよ。有馬のお殿さまにも、申し訳が立たないだろ」

粧香が向き直り、小さく笑った。

「あれから、玄蕃頭さまら御三方や若狭守さまが、ひんぴんとお座敷を掛けてくれるのさ。おかげさまで、何とかなりそうだ」

「よかったな。太《ふて》え贔屓連がついてよ」

「あんたはどうすんだい」

桐生は応えず、薄闇の降りる庭を眺めた。そこかしこで、夕餉に戻って来た下男や奉公人の声がする。

「粧香と逢うのは、これが最後だ」

粧香は無言で三和土《たたき》から板敷に上がり、桐生の隣に腰掛けた。

「だろうと思ったよ」

麝香《じやこう》のような、甘い香りが漂う。

「おみねさん、っていったっけ」

桐生は思わず顔を向けた。

「あんたはいちいち派手だから、すぐ噂になっちまう。私っちだけが知らなかった。ほんとさ。知ってたら、あんたに手は出さないよ。それが深川芸者の意気だろ。人の男に手を出すなんざ、そんな野暮な真似をするもんか」

さっきは甘かった風が、妙にしょっぱくなってきた。

「あんたがおみねさんから私っちに乗り換えたと知った時、迷ったさ。けど、私っちに追ん出されたあんたが、しゃあしゃあとおみねさんに戻ったら、今度はおみねさんがかわいそうだ」

粧香は膝の上で指を組み合わせた。

「私っちが長屋に戻らなかったのは、あんたが《市村座》で暴れたからだけじゃない。利助さんが来たんだよ、私っちに頭を下げにさ」

万屋が庭を回って来たが、二人を認めると慌てて戻って行った。

「恥を承知で来た、ってね。私っちの前で、頭を板敷にこすり付けて乞うた。桐生と切れてくれ、おみねと桐生をどうしても添い遂げさせたい、って。金でも何でも出すから、って何度も土下座をしたのさ。私っちは承知した。勝手をして悪かったけど、ほかにしようがあるかえ。けれど、大水が来た」

「すまねえ」

低く呟くと、いきなり背中をどやされた。

「は、何で謝るのさ。私っちほどの上玉には、いっくらでも替えの男がいるんだよ」

「そうじゃねえよ」

己はわかっていた。大水の後、ようやく逢えた粧香は、すでに心を決めていた。わかっていたけれど、見ない振りをしていた。

「ここでお前に逢った時、俺は腑抜けになっていた。だから、何も言わずに見守っていてくれたんだろ。俺が生き返るのを、待っていてくれたんだろ。梅渓院さまが言ってたぜ。粧香はいつも俺を見ていたって。俺ぁ、それほどめでたくねえ。そんな話を聞いたって、お前がよりを戻したがっているとは思わねえよ」

粧香は無言で立ち上がり、板敷を戻って行く。ものわかりのいいことを言ったものの、桐生は振り向くことができない。項垂れる桐生に、粧香が声を掛けた。

「これから何をするか知らないけど、せいぜい気張んな。今度は下手ぁ打つんじゃないよ。あんたを助けてくれるお殿さまは、もういないと思いな」

どんどん丸くなる桐生の背に、たたみ掛けてくる。

「しっかりおし。妹のために、ああまでする利助さんのほうが、あんたよりよほどの好い男さ。私っちはもう少しで、惚れちまうところだったよ」

三和土に下りる気配。駒下駄を引っ掛ける音。一歩、踏み出す音。そこで音が止まる。それでも桐生は動けない。また一歩、粧香が踏み出す。腰高障子に手を掛ける気配。

お前も利助みてえに、お志津をおぶって駆けていくんだな。お志津の簪を挿して、深川を生き返らせるんだな。気張れよ。

だが、言葉は一つも出なかった。口にしたところで、意味をなさない、とわかっている。

「我拶《がさつ》もん、伝え忘れていたよ」

粧香の声が、覚えのないほど優しく聞こえる。

「梅渓院さまからの言伝《ことづて》さ。能登守さまの駕籠を担ぐ約を忘れるな、ってさ」

「わかってらあ。けど、俺ぁ左肩でしか担げねえんだ。それに合わせてくれる陸尺なんざ、いねえんだよ」

「いるだろうが」

思わず振り向くと、粧香が静かに腰高障子を開けた。流れるような所作で滑り出る。

「おい、粧香」

粧香は毅然《きぜん》と顔を上げ、優雅に裾をさばきながら出て行く。深川芸者の矜持を背負った女は、振り向くことなぞしないと知った。

しょっぱい風を大きく吸い込んだ。とたんに胸に痛みが走った。

座り尽くしている桐生を見て、庭から万屋が小走りで寄って来た。

「相変わらず、おしどりだよう。声を掛けられないくらい、しっぽりと話し込んじゃってさ。あたしのほうが、こうね、胸が疼いてね。ああ、嬶《かか》ぁに逢いたくなってきたよう」

茫と空を眺める桐生をよそに、延々と喋り続けている。

四

大名家に課された手伝普請は、寛保三年（一七四三年）弥生を迎え、ようやく終わりが見えてきた。

諸大名は左近将監、若狭守、普請奉行、目付に完了の旨を届け出た。普請奉行らが現場を検め、御公儀への引き渡しが決まった。

備前岡山、伊勢津《いせつ》、日向飫肥《ひゅうがおび》、但馬出石《たじまいずし》、越前鯖江《さばえ》、備後福山《ふくやま》の大名と、豊後臼杵の稲葉家の能登守は、他家に先んじて江戸城へ上がることとなった。将軍徳川吉宗が自ら、手伝普請の褒賞を与えるという。

出人足の騒擾を起こした稲葉家が、他の大名とともに名を連ねたのは、誰の目にも慮外であった。

「若狭守どのの計らいであろう。なかなかどうして、情に厚いの」

玄蕃頭が上機嫌に頷いた。有馬家臣団にも、どことなく安堵の様子が見えた。

小弥太だけが、沈鬱な春を迎えていた。

梅渓院があっさりと、臼杵へ帰ってしまった。本当に、消えるようにいなくなった。病を得たため、と御公儀に届け出たらしいが、嘘っぱちに決まっている。だが小弥太は何も聞かされておらぬ。どうせ入れ知恵をしたであろう玄蕃頭から、一言くらいあってもいいのに、と恨めしい。

能登守が褒賞を受ける誉れを前に何故、梅渓院は帰ってしまったのだろう。公方さまにも褒賞にも関心はなさそうだし、梅渓院らしい気もするが、腑に落ちぬ。

そんな折り、小弥太へ筑後久留米に帰国せよ、と玄蕃頭から命が下った。

用向きは、細かな雑事がこれでもか、と詰め込まれている。だが、職務の浅い若党でもこなせるような、些末な仕事ばかりだ。

「しばし多忙であった故、骨休めをするがよい。湯治でもすれば傷付いた思いも、癒すことができよう。充分に養生し、文官としての習いを覚えるがよい」

相変わらず、嫌になるほど察しがいい。だが玄蕃頭はさり気なく、小弥太の出世を口にした。小弥太は己を奮い立たせた。些末だろうが、文官の一歩としての御役目だ。ただちに支度を始めた。色恋沙汰なぞよりも、立身出世への階段《きざはし》を駆け上がるのだ。

在である筑後久留米まで、旅をするのも悪くない。そういえば、疲弊も感じている。愚かな陸尺連中のせいだ。

いや、桐生のせいだ。騒々しくて軽々しい、江戸そのものの桐生。

玄蕃頭が命じた出立の日は、能登守が登城《とじょう》する卯月十三日（五月六日）。稲葉家の栄誉を小弥太も見届けたかったが、玄蕃頭の指示を否める訳がない。筑後なら臼杵も近い。能登守の登城を土産話に、梅渓院を訪ねることもできように。

そこで我に返る。いかん。未練がましい。

人気《ひとけ》の消えた書院を眺めながら、猫を抱いた玄蕃頭が呟く。

「桐生は御駕籠之者に推挙されたが、蹴ったそうじゃ。せっかく儂が、伊予守どのに売り込んでやったのに。じゃが何やら、でかい仕事をするらしいぞ。卯月十三日に足軽長屋を出ていくそうな」

でかい仕事って、何だ。

考え掛けて首を振る。桐生が何をしようが、知ったことではない。

あんな男が御駕籠之者に推挙されるほうがおかしい。公方さまを担いだ様子を、想念するだけで冷汗が出る。

だが、玄蕃頭がしきりと桐生を気に掛けていた仔細はわかった。人を見る目があるのか、ないのかは判然とせぬが。

気付けば、粧香も有馬家上屋敷から消えていた。

「桐生もいなくなっちまったら、何だか芝居の緞帳《どんちょう》が下りたみたいで、寂しいよう」

万屋が小者らと、愚痴を言い合っている。そう言われると、何となく庭ががらん、と広くなった気がする。

静まり返った深更、時折り小弥太は夢を見る。

江戸の町を駆け抜ける己がいた。隣で桐生も駆けている。

何を争っておるのかわからぬ。だが、必ず悪罵し合いながら、どこかへまっすぐに駆けて行く。

夢を見た翌朝は、小弥太はいっそう勉学に励んだ。何かを払い除けるために。

卯月十三日。早朝から、有馬家上屋敷は何となく浮き足立っていた。能登守登城の話が飛び交う家臣団や女中をよそに、小弥太はもう一度、己の姿を検《あらた》めた。裁着袴《たつつけばかま》に背割り羽織、柄袋《つかぶくろ》の旅姿だ。

「よし、参ろう」

玄蕃頭に出立の挨拶をするために自室を出た。庭を回り、最奥の座敷に向かうところで、猫を抱いて庭に突っ立っている玄蕃頭を見つけた。

「おう小太郎、待っておったぞ。気を付けてまいれ」

「殿さま、わざわざのお見送り、いたみ入りまする」

「何の。しらしら明けの前から儂が算術を学んでおるは、知っておろう。そろそろか、と様子を見に来たのじゃ」

「様子、とは」

玄蕃頭は応えず、猫を突き出した。

「ぽん太を連れて参るか」

「結構にござります」

ふと、背後に人の気配を感じた。振り向く間もなく、莫迦でかい声が響いた。

「おいおい小太郎さまも旅に出るのかい。つくづく気が合うねえ」

桐生が立っている。振り分け荷を担ぎ、手甲《てっこう》に脚絆《きゃはん》と草鞋《わらじ》の足拵えの旅姿だ。

桐生が小弥太越しに、玄蕃頭に低頭した。

「玄蕃頭さま、急に暇を願い出て、誠にすいやせんでした。一言お詫びを、と思いやして寄らせて頂きやした。玄蕃頭さまは、いつも莫迦に、いやさ真面目に早起きと聞いておりやしたんで」

「貴様が何故、旅姿なのだ」

小弥太が問うと、桐生はにかっと笑った。

「今日は能登守さまの登城日だろ。で、俺が江戸城まで駕籠を盛大に担いでやろうと思ってよ。無論、玄蕃頭さまと梅渓院さまのお許しを得てあるぜ」

何だと。小弥太は玄蕃頭を思わず睨んだ。玄蕃頭は欠伸《あくび》をする振りをしている。

「それでよ」

桐生がお構いなしに続ける。

「能登守さまはめでたくご帰国するんでえ。だっからよ、臼杵まで俺がお供して駕籠を担ぐ、つう話さ」

「なっ」

絶句した。でかい仕事とは、これだったのか。何もかもが慮外過ぎて、どこから問えばよいのかわからぬ。

「貴様でなく、稲葉家の駕籠舁がおるであろう。貴様の出る幕ではない。出しゃばるな」

「出しゃばってねえよ。梅渓院さまと約したからな。破る訳にもいくめえ」

「その通りじゃ、小太郎。約を違《たが》えたら、儂が姉上から酷《ひど》い目に遭う。次こそ儂の命が危ういやも知れぬぞ」

玄蕃頭が割り込んだ。

「どのみち卯月に、能登守は臼杵へ帰るはずじゃった。此度は御役御免として、早い帰国が許されたのじゃ。公方さまの御尊顔を拝したら、すぐと出立ぞ」

梅渓院がさっさと帰国した仔細がわかった。能登守を担ぐ桐生を迎え入れるためだ。

そこで気が付いた。やはり桐生は莫迦だ。小弥太は不敵な笑みを見せつけながら、詰め寄った。

「愚か者めが。貴様は右腕が利かぬであろう。そもそも貴様は、陸尺連中から毛嫌いされておる。わざわざ左肩で担いでくれる相方なぞ、おらぬくせに」

言い放った刹那、己の旅姿に気付く。しまった、と叫びそうになった。

すかさず玄蕃頭が、満足そうに頷いた。

「さすが小太郎。よう気が回る。お前は先《せん》に、左肩で見事に駕籠を担ぎおったの」

「そりゃ、いいや。俺らのことを男前の我拶もん、って梅渓院さまは褒めて下さったろ。俺ぁ、今回ばかりは仕方ねえから、臼杵の国抱と組むしかねえかと観念していたんでえ。こりゃ名案だ。さすがは玄蕃頭さま」

また玄蕃頭に謀られた。

「じゃ、玄蕃頭さま、ちょっくら稲葉家へ迎えに行ってまいりやす」

さっさと桐生が駆け出した。

「待てっ、貴様なぞを能登守さまに逢わせるものか」

桐生を臼杵の梅渓院の許に行かせる訳にはゆかぬ。今度こそ、二人にさせたら何をしでかすか。

「臼杵領に一歩も立ち入ることは許さぬっ。お姫《ひい》さまに逢うなぞ、某が許さぬ」

駆ける桐生を追いながら喚いた。

「桐生っ、止まれ。止まらぬと斬るぞっ」

桐生はまっすぐに前を見たまま、足を止めぬ。嬉しそうに笑う横顔が癪にさわる。

「貴様っ、某に逆らうか」

「小太郎さまこそ、ほんとは担ぎてえくせに、何を勿体ぶっていやがるんでえ。梅渓院さまに、いいとこ見せてえんだろうが。相変わらず、だんまりな助平野郎だなっ」

「貴様なぞ、追い剝ぎに遭って野垂れ死にすればよいっ」

「狙われるとしたら、女みてえな面の小太郎さまのほうだよっ」

「某は小弥太だっ」

「小太郎でいいって言っただろうがっ」

罵り合いながらも、互いの息はしっかりと合い、足並も乱れぬ。

桐生がさらに足を速める。小弥太は負けじと食らい付く。

「止まれっ。莫迦者」

袖ヶ浦の堀の対岸に、人影が見えた。

柳に寄り添うように、女が立っている。朝の霞に見え隠れしながら、女がこちらを静かに眺めている。

粧香だ。かすかに咲《えも》うている。笑みながら、二人を見つめていた。

あの女も料簡していやがったのか。小弥太は歯嚙みをしながら、懸命に頭を巡らせた。

桐生に粧香がいることを教え、気を逸らさせるか。その隙に稲葉家へ先廻りをし、入って来る桐生を阻止してやる。何ならいよいよ、ぶった斬ってやる。

だが何故か、教えられぬまま、粧香の前を二人で疾走した。

「くそっ。何が何だか、わからぬ」

「小太郎さまよ、いっそ盛大に担いでやろうぜっ。俺の最後の陸尺仕事なんだしよ」

「知ったことかっ」

「俺ぁ、神輿駕籠がおはこなんでえ。小太郎さまが一緒なら、左肩でも見事に担げるってもんさ。十四の男子なら、きっと大喜びして下さるぜっ」

「能登守さまに無礼な真似をしたら即刻、貴様を叩っ斬るっ」

面罵しながら、桐生と二人で、能登守の駕籠を担ぐ様子を思い浮かべた。

能登守は声を上げて笑う気がした。己が梅渓院を背負って走った時のように。梅渓院にそっくりの、心地よい声で笑うだろう。

霞が次第に晴れ、桃色の湿った朝空が見えた。袖ヶ浦も薄桃に染まり、水鳥が幾重にも模様を描く。堀端を舞う蝶が、濡れた若葉に鱗粉《りんぷん》を散らす。

江戸の町は今、懸命に生き返りつつある。

だが小太郎、もとい小弥太はやはり江戸が嫌いだ。

【初出】「小説すばる」二〇二三年一二月号（抄録）
第三六回小説すばる新人賞受賞作

単行本化にあたり、加筆・修正を行いました。なお、本作はフィクションであり、人物、事象、団体等を事実として描写・表現したものではありません。

【装幀】泉沢光雄
【装画】紗久楽さわ

【主な参考文献】

『サムライとヤクザ　――「男」の来た道』氏家幹人（筑摩書房）
『大名行列を解剖する　江戸の人材派遣』根岸茂夫（吉川弘文館）
『天、一切ヲ流ス　江戸期最大の寛保水害・西国大名による手伝い普請』高崎哲郎（鹿島出版会）

神尾水無子（かみお・みなこ）
1969年、東京都生まれ。神奈川県在住。

我拶《がさつ》もん

2024年2月29日　第1刷発行

著　者　神尾水無子《かみおみなこ》

発行者　樋口尚也

発行所　株式会社集英社
〒101-8050　東京都千代田区一ツ橋2-5-10
電話　03-3230-6100（編集部）
03-3230-6080（読者係）
03-3230-6393（販売部）書店専用

印刷所　TOPPAN株式会社

製本所　ナショナル製本協同組合

ISBN978-4-08-771862-1　C0093
定価はカバーに表示してあります。